KB097757

박지수

잡지 만드는 사람.

14년째 마감에 시달리며 100권이 넘는 잡지를 만들었다.
『월간사진』『VON』『포토닷』을 거쳐 2018년 편집 동인들과 함께
『보스토크 매거진』을 창간하고 편집장으로 일하고 있다. 누군가의
표현물이자 기록물인 글과 사진 사이에서 그 속에 담긴 의도와
마음, 시선을 고민하며 잡지에 쓸 사진과 글을 고르고 다듬는다.
『경향신문』『시사IN』 등에 사진 관련 글을 연재했으며, 사진과
사진가 · 사진 잡지와 사진 책 주위에서 머물고 바라보며 썼던 글들을
엮어 2020년 개인전 『기억된 사진들 2010~2020』을 열었다.

잡지 만드는 법

잡지
만드는
법

새로운
　　　　시도와
재미를

섞—고　엮—는

　　　일에
　　　관하여

유유

박지수 지음

잡지를 만들고 싶거나
잡지를 만들고 있는 당신에게

이 책의 제목은 좀 직설적인 편이다. 잡지 만드는 법. 제목에 걸맞아지려면, 책을 완독한 후 누구라도 잡지 한 권쯤은 거뜬히 만들 수 있어야 할 것 같다. 이케아의 조립 설명서를 따라가면 가구가 완성되듯이 말이다. 그럴 수만 있다면 무척 좋겠지만, 가당키나 한 이야기일까. 다만 이 책은 마치 사수가 부사수에게 잡지 업무의 ABC를 알려 주듯이, 또는 전임자가 후임자에게 인수인계하듯이 잡지가 만들어지는 시작부터 끝까지 모든 공정의 타임라인을 따라 최대한 촘촘하게 짚어 보려고 했다. '잡지 만드는 법'을 체득하려면 적어도 어디서부터 어디까지 배워야 하는지 전체 윤곽을 머릿속에 그려 볼 수 있어야 하니까.

이 책의 제목은 좀 뻔뻔한 편이기도 하다. 잡지 만드는 법. 제목에 부끄럽지 않으려면, 이 책을 읽으면서 스탠더

드·클래식·트래디셔널 등 기본은 물론이고 여러 옵션을 포함해 잡지를 만드는 다양한 방법을 일람할 수 있어야 할 것 같다. 백과사전에서 단어 하나를 두고 여러 뜻과 다양한 용례를 입체적으로 보여 주는 것처럼 말이다. 그럴 수만 있다면 또 좋겠지만, 이 책은 어디까지나 내가 행하고 겪은 방법과 사례만을 제시할 뿐이다. 게다가 네 곳의 잡지사를 거치며 사진 잡지만 만들었던 편집자로서 내가 알고 있는 방법과 사례가 모든 종류의 잡지에 통용되지는 않을 것이다. 이처럼 어느 한 잡지 편집자가 사진 잡지를 만들며 알게 되고, 경험하게 된 방식과 노하우만 언급하고 있다는 것은 이 책의 명확한 한계이다. 하지만 알지 못하는 것과 경험하지 않은 것을 이야기하지 않았다는 사실은 다르게 말하면 실천해 봤거나 실천할 수 있는 영역을 다뤘다는 점에서 실용적인 접근을 열어 준다. 특히 이미지를 두려워하는 편집자라면, 사진 잡지를 만들며 글보다 사진을 더 자주 다뤘던 경험을 기반으로 쓴 이 책에서 이미지를 다루는 실천적인 방법을 모색할 수도 있을 것이다.

이 책의 제목은 '잡지 만드는 법'이지만, 엄밀히 말하자면 '잡지 만드는 선택'에 가깝다. 잡지 제작의 시작과 끝 그리고 그 타임라인을 따라 잡지 편집자로서 내가 부딪히며

배운 것은 결국 '선택'의 문제로 귀결된다. 내가 당신의 사수라면 혹은 전임자라면 "이렇게 해 봐, 저렇게 해 봐"라고 알려 주기보다 "이것도 선택할 수 있고, 저것도 선택할 수 있어"라고 말하고 싶다. 그리고 묻고 싶다. "그럼, 너의 선택은?" 또한 듣고 싶다. 그 선택의 이유를.

어쩌다 보니 백 권이 훌쩍 넘도록 사진 잡지를 만들었다. 한 호 한 호 쌓일수록 오히려 어떤 방식이 옳은지 그른지 혹은 내 방법이 맞는지 틀린지 더욱 헷갈린다. 다만 완성된 잡지를 되돌아보며 분명해지는 것이 있다면, 반드시 그런 방식 혹은 꼭 저런 방법이 아니었더라도 다른 선택이 얼마든지 가능했으리라는 사실이다. 단언컨대 잡지를 만드는 옳은 방식·틀린 방법 따위는 세상에 없다. 잡지 만드는 법은 오로지 하나가 아니며 그 수많은 다양한 방식 중에서 나는 그리고 당신은 그 무엇이라도 선택할 수 있다.

이것이 궁극적으로 선택의 문제라면, 또 선택이 결국 가치 판단의 영역이라면, 우리는 각자 자신이 지닌 가치에 가장 가까운 선택을 해야 하지 않을까. 그리고 각자가 품고 있는 가치를 서로에게 해가 되지만 않는다면, 남의 입장에서 옳다 그르다 할 수 없는 것이 아닐까. 그렇다면 다음과 같은 질문들을 마주해야 한다. 당신이 지향하는 가치는 무

엇인가? 당신의 잡지는 어떤 가치를 지향하고 싶은가? 잡
지의 시작도 끝도 바로 여기에서 출발해야 한다고 믿는다.

창간
준비 ●

기획 ○

편집 ○

제작 ○

출간 ○

무엇이든 새로운 것을 세상에 내놓는 일은 설레고 또 두려운 일이다. 게다가 그것이 만드는 데 여러 다양한 사람이 참여해야 하고, 또 많은 사람이 봐 줘야 하는 잡지라면 나름의 작은 세계를 구축하는 일과 다를 바 없다. 잡지를 기획하고 편집하고 제작하고 유통하고, 그렇게 독자와 만나는 과정에서 감당해야 할 고강도 노동과 고민 사이에서 덜 헤매려면 나침반 역할을 해 줄 동기부여가 필요하다. 내가 끝내 만들고 싶은 잡지란 무엇인가, 기어이 만들어야 할 잡지는 어떤 모습인가.

동료와 독자를 상상하자

독립 출판·1인 출판사·1인 잡지⋯⋯ 이런 단어들을 보면 책이나 잡지 한 권을 나 혼자 만들어 가는 일을 상상하게 된다. 혼자 잡지를 만든다면 내가 하고 싶은 대로 좋아하는 대로 하리라, 상상만으로도 기분이 좋아지는 걸 숨길 수 없다. 무언가 하나를 온전히 내 의지로 만들 수 있다면, 마치 나를 성장시키는 일처럼 느껴지기 때문일 것이다. 그 상상은 대개 현실에서 그러기 쉽지 않다는 데서 비롯된다. 실제로 우리는 대부분 회사에 소속되어 분업 시스템 안에서 하나의 부속처럼 일한다. 여러 사람과 연결된 시스템에서 자신이 하고 싶은 것이나 좋아하는 것을 상상하고 실행에 옮기기는 쉽지 않다. 하지만 문제는 회사가 부여한 역할을 충실히 수행하고 나서도 나의 노동이 전체 시스템 안에서 어떤 가치와 의미를 지녔는지 가시화되지 않는다는 것이다. 가령 자동차 회사에서 사무원으로 일한다면 내가 지금 작성 중인 기안이 자동차를 만드는 데 어떤 기여를 하는지 피부에 잘 와닿지 않는다. 일정한 주기마다 생산량과 실적 등이 집계되긴 하지만 그 수치가 내가 투여한 노동량과 결과물의 상관관계를 실감 나게 해 주지는 않는다.

어떤 이들은 이러한 형태의 노동에 취약해서 아무리 연봉이 높고 근무 환경이 좋아도 잘 견디지 못한다. 그들은 대개 어떤 일이든 가능하다면 처음부터 끝까지 전체 프로세스를 조망할 수 있기를 원하고, 각 단계마다 투여한 자신의 노동량만큼 일정한 결과물을 얻고자 한다. 달리 말하면, 내가 투여한 노동량이 큰 소실 없이 결과물로 환원되고, 반대로 결과물을 보며 자신의 노동량을 환산할 수 있기를 바라는 셈이다. 그리고 자신이 관여한 만큼에 합당한 크레딧이 결과물에 밝혀지기를 원한다. 그들이 원하는 바를 거칠게 요약하자면, 자신이 원하는 일을 혼자서 하고, 일을 한 만큼 보상을 얻는 것이다. 이러한 욕구가 강한 이들이 관심을 갖는 일 중에는 독립 출판·1인 출판사·1인 잡지 등도 포함된다. 내가 쓴 만큼, 내가 번역한 만큼, 내가 편집한 만큼, 내가 교정을 본 만큼…… 내 이름이 새겨진 책 한 권이 세상에 나온다, 그런 가능성을 품을 수 있기 때문이다.

하지만 그 가능성을 실행에 옮길 때 가장 먼저 고려해야 하는 일은 역설적이지만, 동료와 독자를 상상하는 것이다. 내가 좋아하는 콘텐츠로 차례를 가득 채운 1인 잡지를 구상하거나, 또 내가 좋아하는 필자나 장르로 출간 목록을 채운 1인 출판사를 꿈꾼다고 해도 반드시 동료와 독자가 필요하다. 그건 잡지 한 권을 혼자서만 완성하는 일이 현실적으로 불가능하다거나 한 개인에게만 의존한 출판사가 사업적으로 한계가 있기 때문만은 아니다. 보다 근본적으로 아무리 1인 잡지나 1인 출판사라고 해도 오로지 혼자만의 개성과 색깔·취향 등으로 잡지나 출판사의 정체성이 형성되기는 어렵기 때문이다. 한 인간의 정체성이 자아만으로 이뤄진 것이 아니라 다양한 관계와 사회 속에서의 역할 등이 입체적으로 결합된 것과 마찬가지이다. 혼자 일하는 것을 꿈꾸는 1인 잡지나 1인 출판사 역시 그 동기가 '나'에서 비롯된다고 해도, 책을 함께 만들 '너'와 이 책을 함께 읽어줄 '우리'의 관계망 속에서 자신의 정체성을 고민할 수밖에 없다. 그 동료와 독자가 곧 잡지의 정체성을 비추는 큰 거울이기 때문이다.

내가 참여하는 『보스토크 매거진』의 경우, 여섯 명의

편집 동인이 모여 사진 잡지를 창간했지만 잡지 제작의 실무적인 측면에서는 1인 편집 시스템을 지향하고 있다. 그래서 특집 주제를 정하거나 사진가를 선정하고 수록될 사진을 고르고 배치하는 등의 전반적인 과정에서 편집장인 나의 취향과 관심사 및 판단이 그대로 반영되곤 한다. 하지만 편집 작업 이외의 전반적인 과정에서 수시로 동인들의 도움을 받는다. 동인들은 기획과 필자 섭외에 유용한 아이디어와 정보를 주기도 하고 차례 중에서 한두 꼭지를 맡아 원고를 쓰거나 인터뷰를 하기도 한다. 잡지 판매와 관련된 주문·출고·정산 등의 업무는 다른 동인이 맡아서 진행한다. 만약 동료가 없었다면 이렇게 꾸준하게 일정한 주기로 잡지를 내기는 불가능했을 것이다. 그러나 '일 나누기'보다 더욱 중요한 점은 창간 준비를 하며 동료들과 함께 나눈 고민을 통해 잡지의 정체성이 형성되었다는 사실이다.

편집 동인들은 1980년대생 중심으로 사진 이미지에 관심이 있으며 잡지사와 출판사 그리고 방송국 등의 에디터 출신이라는 공통점을 지녔다. 또한 모두 자신이 속했던 매체가 광고에 의존하거나 본래의 취지를 잃고 망가지면서 독자와 멀어지는 것을 목격했던 경험을 통해 독자와 호흡할 수 있는 잡지에 대한 갈증이 있었다. 동인들은 기존 사진 잡지의 콘텐츠가 생산자 중심이라는 것에 문제의식을 공유했고 보다 소비자(독자) 중심의 사진 잡지를 만들면 좋겠다고 의견을 모았다. 말하자면 기존 사진 잡지들이 주요하게 다루는 문제, 즉 '사진가는 이 사진을 왜 찍었는가, 어떻게 찍었는가?' 대신에 '독자는 이 사진에서 무엇을 볼 수 있는가, 또는 이 사진을 어떻게 볼 수 있는가?'라는 식으로 질문의 방향을 바꾸고 싶었다. 그리고 이러한 공감대를 바탕으로 잡지의 기본적인 형태를 설계하였고 그 결과로 한 가지 주제를 정해 그에 맞게 콘텐츠를 큐레이션하는 방식을 선택하였다. 이러한 방식은 하나의 주제 의식으로 여러 사진을 연결해 바라보는 것을 독자에게 제안하려는 시도이자 생산자 관점에서 업계 동향을 파악하는 뉴스(전시 소식·행사 취재·신제품 뉴스) 중심의 콘텐츠에서 벗어나려는 의도였다.

그다음으로 편집 동인들이 함께 고민한 것은 이 잡지의 독자는 누구인가, 어떤 사람들이 이 잡지를 봐 줬으면 하는가에 관한 문제였다. 『보스토크 매거진』이 생산자 중심에서 소비자 중심으로 관점을 이동하고 싶고 또 기존 사진 잡지들과 다른 방향에서 질문을 던지고 싶다면, 그만큼 새로운 독자가 필요했던 것이다. 기존의 관점과 방향을 만족

- 작가·사진업계
  종사자 일부
- 기존 사진 잡지에
  만족하지 못하는 이들
- 새롭고 좋은 사진이
  보고 싶은 이들
- 사진에 관한 수준 있는
  글이 읽고 싶은 이들
- 사진학과 학생·
  사진을 공부하려는
  이들

- 사진을 다루는
  작가·미술평론가
- 미술로서의 사진·
  사진 매체에
  관심 있는 이들
- 사진 전시에
  관심 있는 이들

- 이미지에 관심 있는
  디자이너·학생
- 사진 책을 다루는
  디자이너·학생
- 잡지·잡지 디자인에
  관심 있는 이들

사진

디자인

**사진에 관심
있는 다종다양한
영역의 독자
800~1000명**

미술

문학

영화

- 사진 찍는 문인들
- 포토 에세이, 사진과
  글의 결합에 관심
  있는 이들
- 사진 매체를 탐색하고
  성찰하고 싶은 이들

- 광학기기 이미지에
  관심 있는 이들
- 광학기기 이미지 관련
  글을 쓰는 이들

『보스토크 매거진』의 독자 상상도

스러워하는 독자라면 『보스토크 매거진』에 흥미를 느끼지 않을 가능성이 높기 때문이다. 그래서 편집 동인들은 기존의 사진 잡지를 보긴 하지만 콘텐츠를 다루는 관점과 방향에서 아쉬움을 느끼는 이들 그리고 사진과 인접하거나 친화적인 영화와 문학 그리고 디자인 같은 다른 장르에서 활동하지만 사진에도 관심을 두기 시작한 이들이 독자가 될수 있으리라고 상상했다. 이렇게 독자에 대해서 상상하는 일은 잡지의 콘텐츠를 기획하는 데에도 영향을 끼쳤다. 필자 섭외에서 소설가와 시인 등 문인의 비중을 높였고 영화를 경유해 사진을 사유하는 연재물을 기획하기도 했으며 디자이너와 함께 사진 책을 분석하는 코너를 마련하기도 했다.

발행 주기와 제호를 선언하자

잡지에는 '정기간행물'이라는 또 다른 이름이 있다. 단행본과 달리 일정한 간격을 두고 연속적으로 출간되기 때문에 붙은 이름이다. 일간지·주간지·월간지·격월간지·계간지·반연간지·연간지 등 발행 주기는 단순히 잡지가 나오는 간격을 뜻하기도 하지만 동시에 독자 및 광고주와의 계약이자 약속을 내포하기도 한다. 보통 책은 출간된 이후에 완제품을 판매하지만 잡지는 출간되기 이전에 일종의 선불 방식으로 정기 구독과 광고 지면을 판매하기 때문이다. 미래에 출간될 제품에 관해서 1년 구독 또는 연간 광고를 계약한 소비자에게 발행 주기를 공지하고, 이를 지켜야 하는 의무가 잡지에게 있는 것이다. 한편으로 발행 주기는 잡지가 주로 다루는 콘텐츠가 생산되고 소비되는 데 필요한 시간과도 관련이 있다. 그래서 잡지를 만들려면 우선순위로 고려해야 할 것 중의 하나가 발행 주기를 결정하고 선언하는 일이다.

그러면 발행 주기를 결정할 때 고려할 사항들을 살펴보자. 우선 잡지 생산자에게 발행 주기는 마감 주기이기도 하다. 잡지 콘텐츠를 만드는 자신의 작업 능력과 자신에게 맞는 호흡을 생각하지 않을 수 없다. 그러나 무엇보다 중요한 부분은 자신이 다루고 싶은 콘텐츠의 생산 주기와 소비 속도를 가늠하는 일이다. 가령 문예지의 경우에는 계간지가 많은데, 이는 신작 소설이나 시를 작가에게 청탁하고 그 결과물을 받아 편집하기까지의 과정이 월간지의 발행 주기와 호흡으로는 거의 불가능하기 때문이다. 한편 디지털과 모바일 환경이 일반화되면서 영화와 음악 관련 월간지가 모두 사라졌다는 점에서 콘텐츠의 소비량과 소비 속도를 주목할 필요도 있다. 아날로그 시절에는 한 달에 몇 차례 극장에 가서 최신 개봉작을 보거나 또 몇 차례 레코드 샵에 가서 새로운 음반을 구매하는 식으로 영화·음악 콘텐츠를 소비했다. 그에 비하면 디지털 환경에서는 영화와 음악 콘텐츠의 생산량과 소비량이 폭발적으로 증가했고, 소비자는 수시로 영화와 음악을 다운받아 소비한다. 영화와 음악의 생산과 소비 속도를 따라잡을 수 없는 월간지는 사라질 수밖에 없었고 주로 새로 나올 영화와 음반을 소개하던 월간지의 역할은 블로그나 유튜브 콘텐츠로 대체되었다. 만약 자신이 잡지에서 다루려는 콘텐츠가 생산량이 많은 편이고, 수시로 소비하는 형태라면 한 달 이상의 발행 주기는 적합하지 않을 가능성이 높다. 또한 생산과 소비가 수시로 업데이트되는 콘텐츠라면 종이 잡지보다는 웹진 형태가 더 적합할 수도 있다.

발행 주기를 결정한 다음에 또는 발행 주기와 함께 고민해야 할 것은 제호이다. '월간 ○○' '계간 ◇◇'처럼 잡지의 풀네임은 보통 '발행 주기 + 제호'인 경우가 많으니 그 둘의 조합이나 '케미'도 고민할 필요가 있다. 하지만 실제로 가장 고민하게 되는 것은 제호이다. 무엇이든 새로 이름을 정하는 건 어렵고, 왠지 이 잡지의 성공과 실패가 이름에서 판가름 날 것 같은 기분에 휩싸이기도 하기 때문이다. 무엇보다 아이의 이름처럼 아직 세상에 나오지 않은 존재에게 잘 어울리는 이름을 붙여줘야 한다는 압박감이 따른다. 아이든, 잡지든, 세상에 나온 모습을 보고 어울리는 이름을 붙여 주면 좋으련만, 그럴 수는 없는 노릇이다. 그래서 보통 최대한 좋은 뜻과 부르기 좋은 소리를 상상하며 이름을 짓게 된다. 그런데 잡지의 이름에는 뜻(잡지가 지향하는 바)과 소리(독자에게 호감을 주는 어감)뿐만 아니라 한 가지 더 중요한 것이 있다. 바로 제호가 지닌 모양·시각성이다. 아무리 뜻과 소리가 좋은 제호라도 표지에서 시각적으로 구현되기 어려운 형태라면 곤란하다. 매호 표지에 장식되는 제호는 뜻과 소리보다 먼저 하나의 로고처럼 시각적으로 인식되며 잡지의 첫인상을 좌우하기 때문이다.

가령 반연간 문예지 『쓺』의 경우, 잡지가 지향하는 바를 '외마디 외침처럼 단순하면서도 강렬한 홑 자로'◎ 제호에 담았다. 선명한 뜻과 소리가 인상적인 제호지만 시각적으로 다양하게 표현하기에는 한계가 있다. 쌍받침이 있는 한글 홑 자의 형태가 시각적인 로고 타입으로 변환하기에 용이하지 않고, 시각적인 스타일을 다양하게 변주하기도 수월하지 않기 때문이다. 반면 매거진 『B』는 뜻과 소리가 무난하고 좀 평평한 느낌을 주는 제호이다. 알파벳 'B'가 고유명사가 아닌 대명사의 느낌으로 다가오기 때문이다. 하지만 '브랜드 다큐멘터리 매거진'을 표방하며 한 호에 하나의 브랜드만 다루는 잡지이기 때문에 지금처럼 대명사형 제호를 사용하지 않았다면 표지 안에서 두 개의 고유명사 즉, 잡지 브랜드와 잡지가 다루려는 브랜드가 시각적으

◎   창간사, 『쓺』 창간호, 2015년 9월.
http://silhum.or.kr/sseum/#pg-167-0 에서 참고.

로 충돌할 수도 있었을 것이다. 최근 매거진 『B』의 인지도가 높아지면서, 잡지의 콘텐츠와 연관된 키워드의 알파벳 약자를 제호로 사용하는 경우가 늘어났다. 하지만 매거진 『B』처럼 하나의 표지 안에 두 개의 고유명사가 충돌하는 것을 방지하는 기능적인 이유가 아니라면 대명사형 제호가 독자에게 선명한 인상을 주기에는 부족한 면이 있다는 점도 고려해야 한다.

『보스토크 매거진』의 원래 제호는 '플랫FLAT 매거진'이었다. 동인들이 모여 여러 이름을 내놓았고, 그중에서 최종 투표로 결정된 것이었다. 아날로그 시절의 필름과 인화지에 담긴 사진 이미지는 납작(플랫)했고 디지털과 모바일 환경으로 넘어와서도 스크린과 스마트폰에서 보는 사진 이미지는 역시 플랫하다고 생각했다. 소리가 주는 어감도 제법 세련된 것 같고, 대문자 폰트로 표지 상단에 꽉 채우면 꽤 강한 인상을 줄 수 있겠다고 판단했다. 하지만 결과적으로 '보스토크'로 바뀌게 되었다. 미국에서 오래 생활한 지인이 원어민들에게 '플랫'은 부정적인 뉘앙스가 강하다는 것을 알려 줬기 때문이다. 음식이 맛이 없거나 무언가 밋밋하고 김이 빠졌을 때 '플랫'이라는 표현을 쓴다고 했다. 그런

뉘앙스조차도 사진의 현주소와 닿아 있다고 생각했지만, 아무리 그래도 창간호를 내놓는 잡지에 부여할 만한 의미는 분명 아니었다. 여러 요소를 고려하면서 결정한 이름이었지만, '플랫'을 포기할 수밖에 없었다.

'보스토크'는 1961년 구소련에서 발사한 최초의 유인 우주선으로, 유리 가가린이 이 우주선을 타고 인류 최초의 우주 비행에 성공했다. 기존의 사진 잡지에서 벗어나, 사진 잡지의 새로운 독자를 찾겠다는 동인들의 생각과 부합하는 이름이었다. 그 뜻을 알면 정감 있는 옛 우주선의 이미지가 떠오르는 이름이라 제호의 폰트 디자인 역시 시각적으로 복고풍의 느낌을 줄 수 있었다. 또한 창간호를 텀블벅에서 펀딩하면서 "사진의 광막한 세계 구석구석을 탐험할 『보스토크 매거진』의 첫 이륙을 도와주세요"라는 카피를 사용한 것도 제호에 출발과 도착·모험과 여정의 이미지가 겹치기 때문이었다. 그런 이미지 덕분에 텀블벅 후원자들은 단순히 잡지 한 권을 구매하는 것을 넘어 무언가 새로운 모험에 동참하는 듯한 기분을 느꼈을 것이다.

제호와 함께 고민했던 발행 주기 역시 처음부터 격월간을 염두에 두지는 않았다. 처음에는 월간지와 계간지 중에서 고민했다. 하나의 주제를 심층적으로 다루려면 월간

매거진 『B』는 대명사형 잡지 제호와 고유명사 브랜드가 시각적으로 조화를
이루고 있다.(자료 제공: 매거진 『B』)

지보다는 긴 호흡이 필요하고 또 사진은 현실 세계와 연결되는 지점이 있어 때로 시의성 있는 주제를 다룰 수도 있는데, 계간지는 시의성 있는 주제를 다루기에는 다소 호흡이 길다고 판단해 발행 주기를 격월간으로 결정했다. 여기에는 온라인과 모바일·SNS 플랫폼에서 사진이 생산·소비되는 속도는 무척 빠르지만 『보스토크 매거진』에서 다루려는 예술사진의 생산과 소비는 그와는 다르다는 판단도 한몫했다. 예술사진에 관심을 둔 사람들이 사진을 즐기려고 전시장을 찾거나 책과 잡지를 구매하는 빈도와 양을 나름대로 헤아렸던 것이다.

홀연히 그리고 돌연히

잡지와 함께 살아가며, 잡지 곁에서 생활하다 보니 잡지의
탄생과 죽음을 자주 목격하게 된다. 그렇게 잡지의 생애
주기를 마주할 때마다 떠오르는 단어가 있다. 홀연히 그리고
돌연히. 잡지는 세상에 홀연히 나타났다가 돌연히 사라진다.
창간도, 휴간도(재발행되는 경우는 극히 드물다), 폐간도
모두 구구절절한 사연과 이유가 있겠지만, 눈에 보이는
건 오로지 나타나고 사라지는 순간의 황망함뿐이었다.
갓 태어난 해맑은 얼굴의 잡지 앞에서도, 숨을 거두고
차갑게 굳은 잡지 앞에서도 너무 기뻐하거나 너무 슬퍼하지
않으려고 애쓰는 이유는 그 황망함 앞에서 최대한 평정심을
잃고 싶지 않기 때문이다. 그러지 않으면 언제라도 사라질 수
있는 잡지를 만들며 깊은 상처를 입을 수밖에 없으니까.
첫 직장이었던 『월간사진』에서 수습 기간을 고작 한 달쯤
채우고 있을 때, 『포토넷』의 휴간 소식이 들려왔다.
내용적으로 형식적으로나 만듦새가 뛰어난 잡지였고,
국제적인 규모의 포토 페어를 개최할 정도로 국내
사진계에서 한 축을 담당했던 사진 잡지였다. 그런 잡지도
휴간을 하다니…… 서걱거리는 마음으로 『포토넷』의 마지막
호를 보다가 크레딧에 적힌 인턴 기자의 이름들이 눈에
밟혔다. 휴간을 염두에 두고 새 인력을 뽑을 리는 없을 테니,
그 정도로 불가피하고 급작스러운 결정이라는 걸 짐작할
수 있었다. 아직 수습 딱지를 떼지 못한 채 일을 배우느라

정신없던 내게, 그 휴간 소식은 마치 계시처럼 다가왔다. 어느 날 홀연히 나타난 잡지는 또 어느 날 돌연히 사라진다, 이 바닥에서 살아남으려면 먼저 이 사실을 절대 잊지 말 것.

두 번째 직장이었던 『VON』은 발행일을 고작 이틀 남겨 두고 휴간이 결정되었다. 다음 호의 연재 예고를 모두 연재 종료 안내로 바꾸고, '편집장의 글'도 작별을 고하는 내용으로 서둘러 고치느라 정신이 없었다. 그 와중에 이렇게 인사라도 하고 헤어지는 건 행운이라고 여겼다. 이번 호가 마지막인 줄 끝내 모른 채 인사도 하지 못하고 사라진 잡지는 얼마나 많았던가, 그런 생각이 들었기 때문이다. 수습 때 몸과 마음에 각인했던 그 계시를 재확인할 수 있었다. 잡지는 홀연히 나타나 돌연히 사라진다고.

어쩌면 상처를 덜 받기 위한 방어기제에 불과한지도 모르겠지만, 나는 잡지가 언젠가 반드시 사라진다는 사실에 오히려 안심하기도 한다. 적어도 내겐 사라지지 않고 늙어가는 잡지가 더 끔찍하고 두렵기 때문이다. 과거에 향수를 느끼고, 왕년을 그리워하는 늙은 잡지라면 지금 여기의 시대와 세대가 언제나 못마땅해 훈계를 일삼지 않을까. 이와 달리 동시대의 공기 속에 홀연히 태어나 동시대의 공기 속으로 돌연히 사라지는 것, 그렇게 지금 여기의 세대와 호흡하는 것, 잡지의 운명도 그 역할도 여기에 있다고 나는 홀로 생각한다.

포맷과 폼을 고민하자

잡지를 함께할 동료를 모았고, 잡지의 이름도 지었다면, 이제 잡지의 모습을 구체적으로 상상할 차례이다. 여기서 잡지의 모습이란 내용적인 측면보다는 외형에 해당한다. 잡지의 정체성과 제호를 고민하는 과정에서 해당 잡지가 다뤄야 할 기본적인 내용은 어느 정도 윤곽이 잡힌다. 이를 전제로 잡지의 외형을 설계해야 하는데, 이 과정에서 먼저 고려해야 할 것은 포맷format과 폼form이다. 거칠게 요약하면, 포맷은 잡지의 크기(판형)·분량·용지·제본 방식 등 책의 물성과 제작에 연결되고, 폼은 본문의 조판 형태·사진의 배치·폰트의 사용 등 책의 편집 디자인에 연결된다. 잡지를 포함해 책을 만드는 일은 물리적이고 입체적인 구조물을 설계하고 만든다는 점에서 건축 과정과 닮았는데, 포맷과 폼의 개념 역시 집을 만드는 과정에 비유할 수 있다.

포맷이 집의 커다란 윤곽에 해당되는 골조와 재료를 고민하는 과정이라면, 폼은 집 안에서 방의 배치와 형태를 어떻게 할지 구상하는 과정에 가깝다.

전통적·전형적인 잡지에서는 고정된 포맷과 일정한 폼을 설계하고 유지하는 일을 중요하게 여겼다. 그런 포맷과 폼이 있어야 정해진 주기로 연속 발행되는 잡지의 브랜드를 독자에게 각인시킬 수 있기 때문이다. 가령 매호 책의 크기·분량·제호의 위치 등을 고정하고, 본문 조판과 레이아웃 등을 일정한 스타일로 유지하는 식이다. 이를 통해 오랫동안 순차적으로 여러 권의 책이 나와도 독자는 이 모든 책을 하나의 잡지로 인식하게 된다. 반대로 만약 어떤 잡지가 호마다 외형적으로 매번 다르고 변화가 많다면 독자는 혼란스럽고 불편할 수밖에 없다.

잡지가 특정한 포맷과 폼을 고려해야 하는 또 다른 이유는 잡지가 단행본과 달리 정기 구독자를 보유하고 광고를 게재하는 매체이기 때문이다. 독자나 광고주는 어떤 잡지 한 권을 보고 마음에 들 때, 일정 기간 구독하거나 광고를 게재한다. 이럴 때 구독이나 광고 모두 계약은 앞으로 나올 잡지를 기반으로 체결된다. 아직 출간되지 않은 잡지를 선불로 구매한 정기 구독자와 광고를 의뢰한 광고주에게 예측할 수 있는 형태의 잡지가 제공되어야 해당 계약이 계속 유효할 가능성이 높다.

한편 포맷과 폼은 잡지의 외형을 만드는 데 소요되는 편집 노동력과도 관련이 있다. 만약 월간지라면 매달 잡지에 들어갈 콘텐츠를 기획하고 취재해 기사를 작성하는 일만 해도 이미 상당한 시간과 노동력이 투여될 수밖에 없다. 이런 가운데 포맷과 폼을 매달 다르게 바꾸는 것은 현실적으로 불가능하다. 취재 기사·인터뷰·기고문·대담 등 여러 다양한 내용과 형식의 콘텐츠를 일정 주기로 독자에게 전달해야 할 때 고정된 포맷과 폼이 있다면 편집과 제작에 소요되는 시간과 품을 아낄 수 있다. 일반적인 단행본에서 콘텐츠인 저자의 글이 모두 완성된 이후에 포맷과 폼을 구상하는 것과 달리 잡지에서는 기사가 완성되기 이전에 창간 준비 과정부터 포맷과 폼을 미리 설정하는 이유가 여기에 있다. 창간 준비 시기에 결정된 판형과 분량·용지·제본 방식·기사별로 적용할 본문 조판·레이아웃·폰트 등은 중간에 치명적인 결함이 나타나지 않는 한 잡지를 개편하기 전까지 그대로 유지한다. 잡지의 포맷과 폼을 결정하려면 생각보다 많은 시간이 필요하고 시행착오를 겪어야 한다. 내가 만들고 싶은 잡지와 성격이나 영역이 유사한 기존 잡지들을 리서치하고, 이 중에서 참고할 만한 요소들을 뽑아 가제본과 샘플 디자인을 만들어 검토한다. 이렇게 실물로 확인해야 머릿속으로만 구상했던 잡지의 형태가 구현하는 데 문제가 없는지, 그 결과가 적절한지 알 수 있다. 또 여기서 실제 인쇄·제작할 때 생길 수 있는 사고와 하자를 발견해 수정할 수도 있다.

이런 과정을 거쳐 최적의 포맷과 폼이 특정된다면, 앞서 언급했듯이 독자에게 일관성 있는 모습으로 다가갈 수 있고 동시에 편집 제작에 투여되는 일거리를 많이 줄일 수 있다. 그뿐만 아니라 잡지 제작에 필요한 예산과 노동력이 어느 정도인지 가늠할 수 있다. 크기·전체 분량·제본 방식·용지 등 잡지의 포맷에 해당하는 요소는 인쇄·제작비의 산출 근거가 된다. 또한 기사의 형태와 레이아웃 등 폼이 정해지면 원고를 얼마나 써야 하는지, 필요한 사진이 몇 장인지 판단하면서 한 꼭지를 완성하는 데 소요되는 노동량을 짐작할 수 있다. 이러한 데이터는 잡지의 정가를 정하거나 필요한 인력을 계산할 때 유용하게 활용된다. 이렇듯 특정한 포맷과 폼은 일정한 예산과 인력에 연동된다는 점에서 잡지를 장기간 안정적으로 출간하는 데 중요한 요소이다.

지금까지 살펴본 것처럼 여러 이점을 취할 수 있는 포맷과 폼을 개발하는 데 많은 시간과 자본·인력을 과감하게 투여하던 시기가 있었다. 컬러텔레비전이 등장하기 이전에 잡지의 전성기였던 1960~1970년대 외국에서는 잡지마다 고유한 포맷과 폼을 설계하려고 유명하고 능력이 출중한 아트 디렉터를 고용해 잡지에서만 사용하는 서체까지 따로 만들기도 했다. 이 시기에는 잡지를 개편할 때도 오랫동안 아주 천천히 미세하게 포맷과 폼을 바꿔 나갔다. 가령 1970년대에 표지 디자인을 리뉴얼했던 『내셔널지오그래픽』은 기존 표지에서 테두리를 장식했던 나뭇잎 문양을 매호 하나씩 점진적으로 없앴다. 기존 잡지의 형태에 익숙함과 편안함을 느끼는 독자의 저항감을 최소화하기 위한 조치라 할 수 있다.

　　하지만 이제 잡지가 특정한 포맷과 폼을 고수하는 일도, 이를 매우 신중하게 개편하는 일도 예전만큼 설득력이 있게 다가오지 않는다. 포맷과 폼이 고정되면 단순히 형식만 일정해지는 것이 아니라, 그에 맞춰 내용이 규격화된다. 내용을 효과적으로 전달하기 위한 형식이 오히려 내용을 구속하는 것이다. 그렇게 되면 독자에게 편안함과 익숙함을 제공했던 포맷과 폼이 어느 순간 지루함과 정체감으로 다가가기도 한다.

　예나 지금이나 실험적이고 파격적인 잡지들의 공통점은 고정된 포맷과 폼을 거부하는 것이다. 매호 새롭게 달라진 포맷과 폼을 통해 잡지의 새로운 가능성을 타진한다. 가령 일본의 잡지 『디자인 서랍』デザインのひきだし은 출판과 인쇄와 관련된 재료와 프로세스를 특집으로 다루는데, 특집 주제에 따라 매호 포맷과 폼이 바뀐다. '패키지 종이'가 특집 주제인 호는 다양한 형태의 샘플 패키지들이 박스에 담긴 형태로 발행하고, '종이의 선택'이 특집 주제인 호는 크기·질감·두께가 서로 다른 샘플 용지들을 하나로 묶어내는 식이다.

　이처럼 틀에 얽매이지 않으며, 자유롭고 유연한 잡지는 최근에 점점 많아지는 추세다. 이러한 현상은 잡지를 만드는 새로운 세대의 취향이나 의지가 반영된 것일 뿐만 아니라 잡지 매체가 처한 시대적 환경과도 연관된다. 잡지만의 고유한 포맷과 폼을 만들려고 자본과 인력을 투입하고, 그 결과물로 최대의 효율성을 꾀하는 방식은 원래 무엇보다 대량생산과 대량판매의 논리 위에서 작동했다. 짧은 시간 안에 대량생산하고 대량판매하려면, 보편적이고 일정한 포맷과 폼이 필요할 수밖에 없다. 그리고 이를 개편하는 일은 많은 수의 정기 구독자와 광고주를 의식해야 하기에 신중할 수밖에 없다.

하지만 지금 SNS 플랫폼을 비롯해 다양한 미디어를 수시로 접하는 시대에서 이제 잡지는 더 이상 대량생산과 대량판매에 적합한 매체가 아니다. 예전에 새로운 정보를 찾아 잡지를 구독하던 독자는 이제 온라인과 SNS에 넘치는 수많은 정보와 결이 다른 취향을 찾아볼 요량으로 잡지를 뒤적인다. SNS에서는 접할 수 없는 잡지만의 물성과 취향에 자신을 동기화하려는 독자에게 보편적으로 소통할 수 있는 고정된 포맷과 폼은 그다지 매력적으로 다가오지 않는다. 그렇게 독자와 독특한 '취향의 공동체'를 형성하는 요즘 잡지들이 확보할 수 있는 정기 구독자나 광고주의 수는 그 최대치가 매우 제한적이다. 그래서 개편할 때도 예전의 잡지처럼 많은 수의 구독자와 광고주의 저항감을 크게 의식할 필요는 없다.

요즘 시대에는 특정한 형태와 형식을 고정했을 때의 이점과 그 형태와 형식에서 벗어날 때의 이점을 함께 살피면서 잡지의 포맷과 폼을 고민할 필요가 있다. 이는 옳고 그름의 문제라기보다는 다분히 선택의 영역이다. 만들고 싶은 잡지가 어느 쪽에 더 잘 어울리는지, 최대한 많은 독자와 보편적으로 소통하고 싶은지, 똑같은 형식을 반복하는 노동에 취약하지는 않은지 등 나를 기준으로 내가 처한 상황과 만들고 싶은 잡지의 형편을 입체적으로 따져 보자. 바꿔 말하면, 포맷과 폼을 고민하는 과정은 내가 이 잡지를 통해 지향하고 싶은 가치는 무엇이며 지양하고 싶은 가치는 무엇인지 고민하는 시간으로 확장된다.

"마치 대단히 어렵게 준비한 것인 양 잊을 만하면 연초 혹은 연말에 비중 있게 다루는 미술 저널의 이런 특집이 어떤 목적을 가지고 어떤 효과를 노리는 것인지 궁금하다."

신년 특집으로 '미술계에서 두각을 드러낸 한국 작가 117명'의 리스트를 기획한 미술 잡지의 페이스북 페이지에 달린 댓글. 칼칼한 문장을 읽으며 목구멍이 따끔해졌다. 한 해를 결산하거나 주목할 만한 작가를 선정해 리스트를 만드는 건 잡지가 늘 했던 일이고, 앞으로도 해야 되는 일쯤으로 여겼다. 그러니 '어떤 목적을 가지고 어떤 효과를 노리는' 리스트인지는 딱히 생각해 본 적이 없었다. 굳이 생각해 보자면 확실한 목적과 뚜렷한 효과가 있는 유용한 리스트보다 오히려 무용한 리스트를 만드는 것도 잡지의 역할이 아닐까.

고등학교 시절 영화 잡지 『키노』와 음악 잡지 『서브』를 끼고 살았다. 용돈을 받으면 맨 먼저 하는 일은 서점에 가서 『키노』와 『서브』를 사는 것이었다. 그리고 잡지에서 제공하는 영화 리스트와 음반 리스트를 꽤 열심히 체크하며 영화를 보고 음반을 모으면서 용돈을 탕진했다. '세계 영화 걸작 100편'이나 '한국 대중음악사 100대 명반'처럼 역사적인 작품들을 모은 것에서 '저주받은 걸작'이나 '80년대 나온 예상치 못한 음반들'처럼 숨겨진 작품들을

발굴하는 것까지 리스트는 다채로웠다. 그 리스트들은 나름의
목적과 효과가 분명하긴 했지만, 내가 그 리스트에서 먼저 느낀
건 영화와 음악을 향한 편집부의 덕심과 덕질이었다.
『키노』의 리스트를 툭 치면 영화평론가 정성일이 튀어나와
"이 영화는, 말하자면……"이라고 이야기할 것 같았다.
또『서브』의 리스트를 툭 치면 음악평론가 성문영이 튀어나와
"아직도 이 음반 안 들었어?"라며 쉴 새 없이 떠들 것 같은
착각이 들 정도였다. 이처럼 누군가의 덕심과 덕질로 만든
'쓸고퀄' 리스트는 또 다른 누군가의 덕심과 덕질도 촉발시키는
것이 아닐까. 어쩌면 리스트에 목적이자 효과가 있다면,
이것일지도 모르겠다. "이거 봤어? 이거 엄청 좋아!" 먼저
눈으로 확인한 이가 다른 이에게 보라고 일러 주는 것.

나 또한 사진 잡지를 만들면서 잡지의 관성과 습관에 따라 어떤
리스트를 만들 때가 종종 있다. 그때 리스트를 만드는 명분이나
리스트의 권위도 챙기긴 하지만, 무엇보다 그 리스트가 실린
지면이 사진을 향한 덕심과 덕질을 맹목적으로 고백하는 역할을
할 수 있기를 바란다.

창간 ○
준비 ○
기획 ●
편집 ○
제작 ○
출간 ○

계간지라면 네 번의 기획, 격월간지라면 여섯 번의 기획, 월간지라면 열두 번의 기획, 주간지라면 쉰두 번의 기획…… 그에 따라 잡지가 세상에 나와 독자를 만난다. 하지만 독자에게 손도 한 번 못 내밀고 중간에 엎어진 기획은 또 얼마나 될까. 발행 주기나 횟수와 별개로 기획 회의는 피를 말리고, 회의가 거듭될수록 아이디어와 아이템은 고갈되고 소모될 수밖에 없다. 그런데도 마감은 어김없이 찾아오고, 매호 전력을 다하지 않고 잡지를 완성할 방법이나 요령은 그 누구도 알지 못한다. 하지만 일부러라도 의식해야 한다. 네 번, 여섯 번, 열두 번, 쉰두 번…… 그만큼 다음 기회가 또 있을 수 있다는 것. 엎어진 기획도 완전히 폐기하지는 말 것.

주제를 정하자

원테마 큐레이션 매거진, 요즘 잡지들에 나타나는 경향 중
하나를 거칠게 요약한다면 이렇다. 특정한 영역에서 한 가
지 주제를 정하고, 이와 관련된 콘텐츠로 기사를 작성하는
것이다. 물론 이런 식으로 특집 기사를 구성하는 일은 새로
운 방식은 아니다. 다만 예전에는 잡지에 여러 고정 꼭지
(뉴스·인터뷰·칼럼·연재 등)와 함께 특집 기사가 있었다
면, 요즘에는 한 가지 주제를 다룬 특집 기사로만 잡지 한
권 전체를 채운다. 가령 예전의 영화 잡지라면 보통 서너 꼭
지로 이뤄진 '칸 영화제' 특집 기사와 그 밖의 고정 꼭지들
로 채워진다. 대개 고정 꼭지들은 최신 개봉작 프리뷰와 리
뷰, 최근 주목받는 감독과 배우들의 인터뷰 등 영화계의 최
근 경향과 동향을 알 수 있는 뉴스성 기사로 구성되었다. 하
지만 요즘 영화 잡지, 가령 『프리즘 오브』는 잡지 한 권에서

오직 영화 한 편만 다룬다. 개봉 시기에 구애받지 않고 영화 한 편을 특집으로 다루면서 해당 영화와 관련된 다양한 형태의 콘텐츠를 제공한다. 이처럼 영화 한 편에 입체적으로 접근하는 잡지는 해당 영화의 팬들에게 소장 욕구를 불러일으킬 수 있다.

이러한 흐름이 나타난 이유는 시대와 매체 환경이 변하면서 독자의 콘텐츠 소비 방식이 달라짐에 따라 잡지에 기대하는 콘텐츠도 달라졌기 때문일 것이다. 예전의 독자가 영화 잡지를 통해 최신 개봉작과 제작 중인 기대작에 관한 소식, 국내에서 접하기 힘든 해외 영화제나 외국 배우들의 인터뷰 등의 콘텐츠를 소비했다면, 요즘 독자는 이러한 콘텐츠를 이제 인터넷과 SNS·유튜브 등을 통해 소비한다. 일정한 주기로 발행되는 잡지는 요즘 영화 관련 뉴스의 생산·소비 속도를 따라잡기 어렵다. 게다가 소비자가 영화 관련 콘텐츠를 가장 효과적으로 소비할 수 있는 환경은 종이 매체인 잡지보다는 영상과 음성이 지원되는 플랫폼일 것이다. 온라인과 SNS에 영화 예고편과 배우들의 코멘터리가 수시로 올라오고, 유튜브에서 해외의 희귀 영화와 감독 인터뷰를 원본 영상으로 볼 수 있는 시대에 굳이 잡지를 따로 볼 이유가 점점 궁색해진다.

이러한 변화 속에서 독자가 '굳이' 또 '따로' 잡지를 보게 만드는 전략 중의 하나가 바로 '원테마 큐레이션'이다. 온라인과 SNS·유튜브에서는 흔히 접할 수 없는 '원테마'와 콘텐츠를 입체적으로 다룬 '큐레이션'이 필요한 것이다.

테마 선택에서 잡지만의 고유한 정체성과 취향이 드러나고 해당 주제와 관련된 콘텐츠를 구성하는 큐레이션 방식에서 잡지만의 내용적·형식적 만듦새가 도드라진다면, 독자는 요즘 같은 시대에도 '굳이' 종이 잡지를 구매하게 될 것이다. 그러므로 잡지가 독자에게 가닿을 수 있는 주제를 정하는 일과 해당 주제를 자신만의 스타일로 해석하고 다루는 방식은 점점 중요해질 수밖에 없다. 그래서 창간 준비 시기에 잡지의 성격과 정체성을 고민하면서 어떤 주제를 어떻게 다룰 것인지도 함께 상상하고 몇 가지 원칙을 동료들과 함께 정하는 과정이 필요하다. 가령 이 잡지가 꼭 다뤄야 할 주제와 반대로 피해야 할 주제는 무엇일지 또 주제를 다룰 때 적합한 방식과 지양할 방식은 무엇일지 구체적으로 목록화하면 도움이 될 것이다.

잡지의 성격상 꼭 다뤄야 하는 주제·잡지로 나오면 매력적일 주제·인물이 언제나 관심이 많은 주제·최근에 널리 퍼진 유행이나 현상과 연결된 주제·동시대에 중요한 인물과 관련된 주제·편집자로서 다루고 싶은 주제 등등 다양한 각도에서 주제를 구상하고 목록으로 만드는 습관은 잡지 편집자에게 무척 중요하다. 그런데 여기서 잊지 말아야 할 사실이 있다. 그 어떤 것도 잡지의 주제가 될 수 있지만, 모든 주제가 잡지로 구현되지는 않는다는 점이다. 아무리 흥미진진한 주제라도 잡지의 발행 주기 안에 다루기 힘들면 그 주제를 선택할 수는 없다. 또 기발한 주제라도 취재할 만한 대상이나 사례들이 없거나 해당 주제를 소화할 수 있는 내부 인력이 없다면 기사로 만들기 어렵다. 그런가 하면 아무리 의미 있는 주제라 해도 독자가 해당 주제에 관해서 피로도를 느낀다면 다시 생각해 봐야 한다. 이처럼 이런저런 이유로 재미있고 매력적인 주제를 포기할 수밖에 없는 경우가 다반사이다. 따라서 일 년을 기준으로 월간지라면 스무 개 안팎, 격월간지라면 열 개 안팎으로 발행 주기보다 더 많은 주제 후보가 담긴 목록이 필요하다.

좀 더 현실적으로 접근한다면 목록에서 삼분의 일 이상은 리서치나 준비 과정 없이도 지금 당장 차례를 짜고 기사를 만들 수 있을 정도로 잘 알고, 자신에게 충분히 데이터가 쌓인 주제여야 한다. 가령 해당 주제와 연관된 대표적인 사건이나 사례가 대여섯 개 이상 떠오른다면, 해당 주제와 연결된 영화·소설·음악 등 예술 작품이 여러 편 생각난다면, 그리고 이 사람을 인터뷰해야 하고 저 사람에게 글을 써 달라고 하면 되겠다는 식으로 구체적인 계획이 선다면 기사를 쓰고 잡지를 만드는 데 현실적으로 큰 문제는 없다. 물론 이렇게 실행에 옮기는 데 수월한 주제라면 신선도나 흥미도가 떨어질 가능성이 높다. 대개 나의 잡지를 만들고 싶은 욕망은 새롭고 재미있는 주제를 다루고 싶은 욕심과 연동되기에 현실적인 주제를 선택하는 것이 마뜩잖은 일처럼 다가올 수 있다.

하지만 좀 더 냉정하게 생각해 보면 매번 새롭고 재미있는 주제로 잡지를 만드는 것은 현실적으로 불가능하다. 기본적으로 주제는 무한하지 않고, 그중에서 매력적인 주제는 점점 소진될 수밖에 없기 때문이다. 게다가 스스로 발행 주기를 선언하며 태어나는 잡지라면, 정기 구독자를 모집하는 잡지라면 적어도 일 년 동안 여러 주제를 기복 없이 어떻게 전달할 수 있을지 고려해야 한다. '월간'이라는 발행 주기를 정하고, 정기 구독을 받는 것은 일 년에 열두 권의 잡지를 통해 열두 개의 주제를 전달할 것이라고 독자와 약속하는 일이기 때문이다. 이 약속을 꾸준히 지키려면 매호 새롭고 재미있는 주제를 찾는 일에만 몰두할 수는 없다. 주제를 정하는 일도 잡지 발행의 일 년 레이스를 감안하면서 힘의 분배와 안배가 필요한 것이다. 주제 리스트에서 삼분의 일 정도를 안정적인 주제로 채운다면 또 삼분의 일 정도는 실험적인 주제로 채우는 균형감이 필요하다. 그렇지 않으면 무난한 주제로만 잡지가 꾸려질 것이고, 만드는 사람이나 보는 사람 모두 매너리즘에 빠지게 된다.

안정적인 주제이든, 실험적인 주제이든, 하나의 주제로 잡지 한 권을 채우는 방식은 일반적인 잡지를 만드는 일보다 시간과 노동이 더 소요된다. 연재 기사나 뉴스 기사를 모두 들어내고 최대한 하나의 주제에만 집중하는 방식은 주제에 따라 모든 꼭지를 내용적·형식적으로 새로 세팅해야 하기에 그만큼 품이 더 들어갈 수밖에 없다. 하지만 그렇기 때문에 온라인과 SNS에서는 볼 수 없고, 잡지에서만 볼 수 있는 콘텐츠가 태어날 수 있다. 그렇게 하나의 주제를 입체적으로 촘촘하게 다루는 잡지를 만드는 데 들어간 생산자의 시간은 고스란히 그 잡지를 읽고 보는 소비자의 시간으로 전환된다. 잡지를 포함해 굳이 종이책을 선택하는 이들은 온라인과 SNS에서 빠르게 흐르고 흩어지는 정보에서 벗어나 오래 머물 수 있는 '시간'을 선택하려는 사람들이다. 그들이 선택하고 싶은 시간이란 어떤 모습일까, 그 시간과 어울릴 만한 주제는 무엇일까. 그렇게 곁에 두고 싶은 '시간'을 머릿속에 떠올리며 한 권의 잡지와 하나의 주제를 상상해 보자.

차례와 배열을 짜자

잡지든 단행본이든 어떠한 출판물을 만들 때 차례를 짜는 과정은 가장 고민되는 일이자 동시에 가장 설레는 일이다. 이 과정을 통해 출판물이 품게 될 내용이 구체화되고 책의 전체적인 윤곽도 드러나기 때문이다. 어쩌면 이 과정은 여행 계획을 짜는 일과 비슷할지도 모르겠다. 내가 선택한 여행지(주제) 안에서 어떻게 하면 가장 많이 돌아다닐 수 있을까? 그런데 그렇게 많이 돌아다닐 수 있는 경비와 시간·체력이 내게 허락되는가?

여행지에서 모든 곳을 갈 수 없는 것과 마찬가지로 차례에서도 주제와 관련된 모든 것을 담을 수는 없다. 여행이든 차례든 가장 가 보고 싶은 곳과 실제로 갈 수 있는 곳 사이에서 집중과 선택·균형이 필요하다. 그리고 차례를 짜면서 중요한 일은 편집자의 입장에만 머물지 말고 독자의 입장에서도 상상하는 과정이다. 생산자의 입장에만 몰두하다 보면 차례의 완성도에 집착해 항목이 계속 늘어나는 경우가 흔하다. 간혹 짜임새가 완벽한 차례를 제시하려는 욕심이 작용해 기사를 완성하거나 편집해야 하는 시점에서도 차례를 붙잡고 놓지 못할 때도 있다. 그 욕심 때문에 지금 손에 쥔 차례가 어딘가 부족해 보이고, 불안해서 뭐라도 차례에 하나를 더하게 된다. 하지만 단언컨대 잡지 편집자가 꿈꾸는 '완벽한 차례'는 존재하지 않는다. 아마도 머릿속에서만 가능할지도 모를 그 완벽한 차례는 현실에서 실행하지 못할 가능성이 매우 높다. 만약에 가능하다고 해도 완벽한 차례가 반드시 독자에게 유의미하게 가닿는다고 확신할 수도 없다. 잡지의 차례든 여행의 코스든 세상 모든 일이 그렇듯이 완벽한 계획이 꼭 즐거운 경험을 보장하는 것은 아니기 때문이다.

그렇다면 어떻게 차례를 짜야 좋을까? 우선 시간을 정하자. 차례를 짜는 일에도 마감 기한이 필요하다. 잡지 제작의 전체 공정을 염두에 두면서 일정한 기간 안에서만 차례를 작성하고, 그다음에는 차례에 미련을 버리고 최대한 실행에 집중하는 것이 좋다. 보통 월간지의 전체 제작 공정과 단계별로 안배되는 시간은 이렇다. **차례 구성**(1주) ▷ **섭**

외 및 취재(1주) ▷ 기사 작성과 편집 디자인(2주) ▷ 제작과 배포(1주). 여기서 차례 구성 단계에는 잡지에 필요한 기사 수보다 1.5~2배 많은 항목으로 가차례를 만들고, 항목마다 적합한 취재 대상이나 필자가 있는지, 즉 실제로 실행 가능한지 신속하게 타진하고 추려 내는 과정이 포함된다. 만약에 9개의 기사로 하나의 특집 주제에 접근하는 잡지를 만든다면, 14~18개 정도의 항목으로 구성된 가차례를 만든다. 이때 무작정 꼭지를 나열하기보다는 주제와 관련된 주요 키워드를 선정해 카테고리를 구성하고, 각각의 카테고리별로 꼭지를 안배하고 우선순위를 정하는 방식이 효과적이다. 그래야 조금씩 다른 층위에서 입체적으로 주제에 접근할 수 있고, 겹치는 콘텐츠도 피할 수 있다. 가령 주제를 'X'로 정했다면, 차례를 'X-a: 역사' 'X-b: 인물' 'X-c: 공간' 세 개의 카테고리로 나누고 카테고리별로 기사를 3개씩 구상하는 것이다. 여기서 인물 부분은 'X-b-1: 당사자' 'X-b-2: 연구자' 'X-b-3: 창작자' 등으로 더욱 세부적으로 나눌 수도 있다. 그리고 'X-b-1-가: 인터뷰' 'X-b-2-나: 기고' 'X-b-3-다: 대담' 등 항목마다 적합한 기사의 형태도 함께 구체화한다면 더욱더 효율적이다.

이러한 과정을 거쳐 가차례가 정리되면 전체적인 균

형을 살펴야 한다. 카테고리별·꼭지별로 이미지와 텍스트의 비중, 기사 형태에서의 변화, 인터뷰 대상이나 필자의 세대·지역·성별 등의 다양성, 기사 내용의 가독성 또는 난이도 등에서 균형을 잡는 것이다. 여기서 균형은 무조건 50대 50으로 반반을 맞추라는 뜻은 아니다. 가령 텍스트 중심의 잡지이고, 주제 또한 텍스트로 구현하는 방식이 적합할 때, 기사 한 꼭지를 이미지로만 구성한다면 나름대로 의미 있는 균형을 이룬 셈이다. 그런가 하면 보통 기사 형태가 다양할 때 독자가 단조로움을 덜 느끼게 되지만, 만약 어떤 주제가 글말보다 입말로 전달되는 것이 효과적이라면 잡지 한 권 전체를 대화로만 구성하는 형식(좌담)을 선택할 수도 있다. 잡지의 필자나 참여자를 다양하게 구성하는 것이 독자와의 접점을 넓힐 가능성이 높지만, 만약 주제가 '페미니즘'이라면 모든 필자와 참여자를 여성으로만 섭외해 의도적으로 균형을 무너뜨리는 선택에서 의미가 생겨날 수도 있다. 여기서 중요한 것은 관성적으로 '기계적 균형'을 맞추는 것이 아니라 내가 만들고 싶은 잡지가, 내가 다루고 싶은 주제가 이미지로만 채워진다면 어떨까? 또는 모두 글로만 채워진다면? 이미지와 텍스트가 조화를 이룬다면? 이런 식으로 가능성을 열어 둔 채 그 안에서 어떻게 균형·불균형을 이룰 때 가장 효과적일지 상상하는 일이다.

그 효과가 잡지는 만드는 이에게도, 잡지를 보는 이에게도 유효해야 한다는 점을 상기하면, 편집자와 독자 사이의 균형도 중요할 수밖에 없다. 그렇기 때문에 잡지 편집자는 차례를 짜는 일뿐만 아니라 잡지를 만드는 모든 과정에서 가상의 파트너인 독자를 의식적으로 상상해야 한다. 물론 당연한 이야기겠지만, 가상의 독자를 열심히 떠올린다고 해서 그대로 판매와 연결되는 것은 아니다. 다만 단행본과 달리 매스미디어적 속성을 지닌 잡지는 일정한 규모의 독자를 확보하지 못한다면 존재 이유와 근거가 희박해진다. 만약 극소수의 독자만 환호하는 단행본이 있다면 사업적인 손익분기점과 별개로 나름의 의미를 지닐 수 있지만, (아무리 독립 잡지 · 1인 잡지라고 해도) 잡지는 그럴 수 없다. 일정 규모 이상의 유효 독자를 확보할 수 없는 잡지라면 애초에 잡지로 태어날 이유가 없다. 단행본에서 필자가 나의 이야기를 꺼내고, 독자는 그 이야기를 나의 이야기로 환원하는 것이 가능하다면, 지금 여기에 모인 우리가 각자 우리의 이야기를 꺼내고, 독자 또한 우리가 되는 것이 잡지의 방식이기 때문이다.

주제에 맞게, 또 여러 관계 사이에서 균형을 이룬 차례가 완성되면, 이제 배열표를 짜야 한다. 가장 고려할 것은 순서와 분량이다. 중요한 기사를 앞쪽에서 먼저 보여 줄까, 아니면 뒤쪽에 배치할 것인가. 그 기사에는 어느 정도의 지면을 할애할 것인가. 포맷과 폼이 고정된 전형적인 잡지라면 고정 꼭지와 기사의 형태가 매호 동일하고, 그 순서와 분량도 일정하기 때문에 배열에 관해서 크게 고민할 필요가 없다. 매호 똑같은 페이지에 차례와 광고가 나오고, 권두 기사로는 화보, 다음에는 인터뷰 기사, 중간에는 특집 기사, 뒷부분에는 신제품이나 신간 뉴스가 나오는 식이다. 이렇게 고정된 배열이라면 정기 구독자는 차례를 보지 않고도 자신이 원하는 기사가 어디쯤 있는지 예측하고 잡지를 펼칠 수 있다. 이러한 대목에서 독자는 해당 잡지에 익숙함과 편안함을 느낄 수 있다. 전형적·전통적인 잡지는 이렇게 일정한 포맷과 폼을 통해 '독자를 길들인다'고 강조하기도 한다. 하지만 매달 새롭게 나오는 잡지임에도 불구하고, 모두 크게 달라 보이지 않거나 단조로운 느낌을 받는 건 바로 고정된 배열표 때문이기도 하다. 잡지 편집자라면 배열의 형태에 따라 어떤 독자는 안정감을, 또 다른 독자는 지루함을 받을 수 있다는 사실을 인지할 필요가 있다.

매호 새로운 주제를 다루고, 주제에 따라 차례 구성과 기사의 형태가 달라지는 잡지라면 배열표에도 매번 변화를 줄 수밖에 없다. 첫 페이지부터 마지막 페이지까지 기사가 어떤 순서로 배열되어야 주제 의식을 전달하는 데 효과적일지 고려하고, 각 기사의 성격이나 내용에 맞는 분량 또는 독자가 소화할 수 있는 분량은 어느 정도인지 가늠해야 한다. 가령 앞서 언급한 'X'라는 주제라면 'a, b, c' 세 개의 카테고리 중에서 어느 것을 좀 더 부각시키고, 그에 따라 분량을 얼만큼 더 할애할지, 'a, b, c'의 순서에 따라 이야기의 전달은 어떻게 달라질지, 전반적으로 이미지와 텍스트 중에서 어느 쪽을 먼저 배치하고 보여 주어야 효과적일지 여러 변수를 종합적으로 고려하면서 배열표를 꼼꼼하게 작성하는 것이 좋다.

섭외를 하자

잡지 편집자로 계속 살아간다면 과연 죽을 때까지 몇 통의 메일을 써야 할까? 섭외 메일을 보내고 거절당하고, 또 섭외 전화를 돌리고 또 거절당하고, 다시 섭외 메일을 보내고 다시 거절당하고…… 그렇게 하루 종일 섭외의 굴레에서 벗어날 수 없을 때, 가끔은 '현타'가 오기도 한다. 이렇게 거절당하려고 잡지를 만드나 싶어 서운한 기분에 빠지기 때문이다. 하지만 섭외하기·거절당하기 세트는 잡지 편집자의 업보이다. 거절 없이 이루어지는 섭외 과정이란 현실적으로 불가능하고, 섭외를 통해서만 잡지가 완성될 수 있기 때문이다. 물론 드물지만, 자신이 만든 창작물로만 채우는 1인 잡지도 있다. 그럴 경우라면 굳이 내가 나를 섭외할 일도, 또한 그 섭외를 거절할 일도 없을 테니 편집자의 업보에서도 벗어날 수 있을 것이다. 하지만 내가 쓴 소설이나 내가

62

그린 그림·내가 찍은 사진 등 나의 창작물로만 잡지를 채운다면, 과연 그 잡지가 자신의 창작물 소개에 최적의 매체일지 잠시 생각해 봐야 한다.

잡지는 아무리 간소한 형식으로 캐주얼하게 만들어도 편집과 제작에 시간과 비용이 소요될 수밖에 없다. 그런데 창작자로서 자신의 창작물을 보여 주는 수단으로 잡지를 제작한다면, 차라리 그 시간과 비용을 창작물을 만들고 완성하는 데 투여하는 편이 어떨까? 물론 잡지라는 매체와 물성을 활용해 자신의 작업을 보여 주는 새로운 가능성을 실험할 수도 있다. 하지만 일정한 주기로 잡지를 지속적으로 발행하려면 창작 활동에 필요한 에너지까지 소진해야 할 것이다. 그렇기에 많은 창작자들이 스스로 자신의 창작물을 보여 줄 수단이 필요할 때 온라인 뉴스레터나 소셜 미디어 플랫폼을 활용한다. 창작물을 만드는 데 집중하고, 그 창작물을 보여 주는 수단에 소요되는 비용과 시간을 아끼는 것이다. 그렇게 해서 유의미한 결과물이 쌓이면 잡지 편집자의 섭외 요청을 받기 마련이다. 그럴 때 원고료나 사용료·게재료 등 금전적 보상이 따를 수도 있다. 만약 자신의 포지션이 창작자에 가깝다면, 스스로 잡지를 만들어 창작물을 보여 주는 경우와 섭외를 받아서 다른 잡지에 창작물을 소개하는 경우 사이에서 그 효과와 차이를 냉정하게 가능할 필요가 있다.

일반적으로 잡지에 어울리는 방식은 창작자가 자신의 창작물을 직접 보여 주기보다는 편집자가 요즘 주목할 만한 창작물을 선별해 독자에게 소개하는 것이다. 잡지의 매스미디어적 성격이나 독자가 잡지에 바라는 바 또한 후자에 가깝다. 이를 위해서 편집자는 창작자를 만나 인터뷰하고 기사를 작성하기도 하고, 해당 창작물이 지닌 의미를 비평하려고 전문가에게 원고를 청탁하기도 하고, 작품의 해석과 감상에 관한 의견을 나누려고 대담을 진행하기도 한다. 이 모든 과정에는 당연히 섭외가 필수이며, 잡지에 실리는 모든 기사는 섭외를 전제한다. 그런데 문제는 이미 언급했다시피 거절당하지 않고 모든 섭외를 마치는 것은 불가능하다는 점이다. 그렇다면 잡지 편집자에게 중요한 것은 거절에도 '꺾이지 않는' 멘탈 그리고 어떻게 덜 거절당할 것이냐에 관한 확률 게임이다.

필자의 섭외 확률을 높이는 중요한 요소는 (경험적으로) 크게 네 가지이다. ①일정 ②주제 ③대가 ④매체 인지도. 이는 내가 섭외를 받는 입장이라 가정하고 어떤 청탁을 피하고 싶은지 생각하면 금방 이해될 것이다. 당연히 충분한 시간이 확보되지 않는 일정이라면 글을 쓸 수 없다. 일정이 맞아도 잘 모르거나 쓸 의향이 전혀 생기지 않는 주제라면 쓰기 곤란하다. 일정과 주제가 맞아도 집필 노동에 들어가는 품에 비해 보수가 너무 적다면 흔쾌히 응하기 어렵다. 다른 부분이 모두 충족되어도 도무지 무슨 매체인지 모르겠다면 내 글을 게재하기 찜찜하다. 그렇다면 필자 섭외를 위한 청탁 메일이나 청탁 전화에서 반드시 언급해야 하는 내용도 그대로 연결된다. ①일정 ②주제 ③대가 ④매체 인지도.

물론, 여기서 매체 인지도는 잡지 편집자가 어떻게 할 수 있는 영역은 아니다. 잡지사의 규모나 발행 지속력과도 연결되는 지표이기에 소규모 잡지나 신생 잡지는 충족하기 어려운 기준이다. 다만 적어도 필자에게 당신이 쓴 글이 실릴 매체가 어떤 곳인지 짐작할 수 있게 정보를 제공할 필요가 있다. 『보스토크 매거진』의 경우 외국 사진작가를 섭외할 때가 많은데, 그들 대부분은 『보스토크 매거진』의 존재를 몰랐다. 그래서 어느 시점부터 외국 사진작가에게 『보스토크 매거진』이 어떤 잡지이고 그동안 무슨 주제를 다뤘는지 간단하게 소개하기 시작했다. 특히 메일에 저용량의 과월호 PDF 파일을 첨부한 이후로 섭외를 거절당하는 경우가 드라마틱하게 줄어들었다. 어떤 방식으로든 섭외 대상에게 이 잡지가 제법 괜찮고, 하루아침에 없어지지 않을 것이라는 사실을 어필해야 한다.

그러나 무엇보다 중요한 지점은 역시 ①-②-③의 콤비네이션이며, 이를 명확하게 전달하는 청탁 메일 또는 청탁 전화이다. 필자가 됐든 인터뷰 대상이 됐든 잡지를 만들며 섭외하려는 대상 대부분은 한 분야의 프로일 것이다. 그들은 대개 ①-②-③이 간단명료하면서도 일목요연하게 제시된 섭외 메일을 선호한다. 그에 따라 자신의 아이디어나 노동력을 투입할지 말지 판단하는 것이다. 때로 사람과 사람이 하는 일이라 '정성'이면 모든 것이 통하기도 하고, 섭외 또한 많은 편집자들이 '정성'이라고 강조하기도 한다. 간혹 '정성'을 길고 장황한 내용의 메일로 어필하려는 경우도 있는데, 정말 섭외하고 싶은 대상이라면 긴 메일을 읽을 시간조차 없이 바쁘다는 사실을 잊지 말자. 물론 지나치게 간단명료해서 사무적으로 보인다면 그 또한 반감을 살 것이다. 하지만 무엇보다 정성의 본질은 ①-②-③ 항목에서 드러나야 한다. 바쁜 필자가 글을 쓰기에 충분한 일정을 확보하도록 미리미리 섭외 연락을 하고, 해당 필자의 전문 영역에서 잘 쓸 수 있는 맞춤 주제와 글감을 제시하고, 그만큼 바쁜 일정 속에서 자신만의 전문 지식을 글에 담았으니 그에 충분한 보수를 제공하는 것이야말로 필자가 원하는 '정성'일 수 있기 때문이다. 여기에 한 가지 더 필살기를 발휘한다면, 왜 이 글을 꼭 당신이 써야 하는지, 왜 당신이 가장 잘 쓸 수밖에 없는지 편집자의 의견이 담긴 한 문장을 첨가하는 것이다.

하지만 여기서 반전은, ①-②-③-④+필살기 콤비네이션을 준비해도 거절당하지 않으리라는 보장이 없다는 것이다. 끝내 필자와 연락이 안 되는 경우도 있고, 필자가 건강이 안 좋을 수도 있고, 더 이상 청탁은 받지 않을 수도 있고, 아예 한동안 절필하려고 할 수도 있는 등 여러 변수 사이에서 거절당할 수 있다. 그렇게 섭외의 굴레에서 결코 벗어날 수 없기 때문에 문득 잡지의 속성까지 곱씹게 되기도 한다. '섭외란 무엇인가? 섭외는 왜 하는가?' 왜냐하면 잡지는 편집자뿐만 아니라 매호 참여하는 여러 사람이 각자 투여한 노동과 시간을 베어 먹고 태어나기 때문이다. 인터뷰·대담·칼럼·연재·화보 등등 잡지에 실린 모든 형태의 기사와 콘텐츠는 협업으로 완성된다. 그런 면에서 잡지는 텅 빈 플랫폼이다. 매호 텅 빈 플랫폼에서 목적지를 설정하고 그에 맞는 여러 다양한 콘텐츠를 불러 모아 함께 출발한다. 그래서 잡지 편집자는 끊임없이 누군가를 초대하고, 함께 가자고 손을 내밀고, 그들을 붙잡고 목적지로 안내해야 한다. 종착역에는 독자가 기다릴 것이다. 다른 사람들이 시간과 노동을 투여한 글과 사진·그림 없이 한 권의 잡지가 태어날 수 없다는 사실은 잡지의 한계이자 동시에 가능성이기도 하다. 잡지라는 텅 빈 플랫폼에 협업의 생태계가 펼쳐지는 것이다.

섭외에서 중요하다고 강조했던 ①-②-③의 콤비네이션이란 결국 협업의 조건을 갖추는 것이다. 말은 쉽지만 현실적으로 이를 실행하고 유지하기는 어렵다. 소규모 잡지나 신생 잡지라면 매력적인 협업 조건을 제시하기 더욱 어렵다. ①-②-③-④ 중에 그 무엇도 매력적으로 제시하기 어렵다면 다음의 두 가지만큼은 실천하는 것이 어떨까. ⑤거절당해도 답신 보내기 ⑥마감 이후에 안내 메일 보내기. 잡지 편집자가 직업적으로 가질 수밖에 없는 치명적인 단점은 자기가 필요할 때만 연락한다는 것이다. 편집자가 뻔찔나게 연락할 때는 섭외 시기와 독촉 시기이며, 두 용무가 끝나면 마감하느라고 정신이 없어 연락이 뚝 끊긴다. 때로 참여자들은 잡지가 세상에 나왔는데도 모르고 있다가 다른 사람에게 '글 잘 읽었다'는 이야기를 듣고 그제야 출간 사실을 알게 되는 경우도 있다.

가끔 다른 잡지에 글을 기고하며 마감 이후에 연락을 받는 경우가 있다. 인쇄를 마쳤고, 언제쯤 잡지가 나올 거고, 원고료가 언제쯤 입금될 거라는 내용이다. 그런 안내를 받으면 그렇게 반가울 수가 없다. 잡지에 참여한 사람으로서 당연히 알아야 되는 사실이지만, 이를 제때 알려 주는 잡지 편집자가 흔치 않기 때문이다. 물론 '세상만사 마감 이후'를 외치며 밤새고 정신없이 일하는 잡지 편집자가 그런 안내를 하는 게 현실적으로 쉽지만은 않다. 나도 잡지 편집자이지만, 섭외할 때만 살갑게 구는 것이 아니라 마감 이후에도 연락이 끊기지 않는 편집자를 만나면 추후에도 함께 일하고 싶다는 마음이 든다. 협업자로서 존중받는다는 느낌이 들기 때문이다. 마찬가지로 섭외를 거절했는데도 답신이 와서 '다음에는 꼭 함께해요'라는 식의 내용을 읽으면 언젠가는 그 편집자와 함께 일할 가능성을 예감하게 된다. 그럴 때가 ①-②-③-④보다 사람의 가치가 반짝이는 순간이다.

지속 가능성과 시도 가능성

잡지를 만들면서 자주 듣는 질문은 결국 잡지의 지속 가능성에
관한 것이다. '『보스토크 매거진』은 언제까지 나올 수
있느냐?'라는 식의 물음은 언제나 가장 아프게 뼈를 때렸다.
그런 질문을 받을 때마다 궁색한 답이라도 내놓으려고 애를 쓰곤
했다. 아마도 일종의 의무라고 생각했던 것 같다. 잡지를 사 주는
독자를 위해서라도, 잡지를 만드는 나 자신을 위해서라도,
이 잡지가 언제까지 지속할 수 있는지 끊임없이 고민하고
대답해야 한다고 말이다. 그러다 혹시 진짜 답을 찾을 수 있지
않을까 그런 기대감도 조금 섞여 있었다.

그런데, 문제는 지속 가능성에 관한 답을 찾을수록 관점과
생각이 점점 현실적으로 굳어진다는 것이다. 계속하려면……
뭐도 알아야 하고, 뭐도 해야 하고, 뭐도 내야 하고, 뭐도 있어야
하고, 뭐도 마쳐야 하고, 뭐도 받아야 하고…… 그렇게 '지속
가능성을 위한 스펙'은 점점 늘어만 갔다.

그러다 어느 날, 텔레비전의 오디션 프로그램에서 매우
현실적인 이야기를 하는 어느 심사위원을 보았다. 이 바닥에서
나중에도 노래하려면 지금 실력으로는 부족하다고, 이론적으로
음악 공부를 좀 해야 한다고, 감정을 표현하려면 인생 경험도
필요하다고, 앞으로도 대중 앞에 계속 서려면 노래를 잘하는
것뿐만 아니라 매력적인 사람이 되어야 한다고…… 모두
참가자를 위해서 하는 말이었고, 분명 참가자를 걱정해서
하는 조언이라는 걸 알 수 있었지만, 왠지 석연치 않은 기분이

되었다. 앞서 말한 '지속 가능성을 위한 스펙'과 묘하게
겹쳤기 때문이다. 그런데 어쩌면 오디션 참가자들에게
필요한 건 '나중에'도 아니고, '앞으로 계속'도 아닐 거라는
생각이 들었다. 왜냐하면 그들의 눈에서 반짝이는 건, '지금
이 무대를 가지고 싶다' '오늘 이 노래를 부르고 싶다'는
투명한 욕망이었기 때문이다. 지금 이 무대에서 이 노래로
자신의 가능성을 탐색하려는 그들에게 선심처럼 내놓는
'지속 가능성을 위한 조언'이란, 어쩌면 이미 해 봤던 자가
이제 해 보려는 자에게 '시도 가능성'마저 빼앗는 일이 될지
모른다고 곱씹어 보게 되었다.
오디션 프로그램이나 잡지뿐만 아니라 대부분의 세상일은
언제나 지속 가능성과 시도 가능성이 엇갈리기 마련이다.
만약 무언가를 해 보지도 않은 채, 계속할 수 있을까부터
걱정한다면 대개 그 자리에서 바로 멈추게 된다는 걸
경험적으로 알고 있다. 반면, 지속 가능성에 관해서 눈을
반쯤 감아야 시도 가능성이 높아진다는 것도 대부분 겪어
봤을 것이다. 때로 어떤 분야의 일은 지속 가능성의 전망이
밝지만, 혼자서는 애초부터 시도 가능성이 희박한 반면,
어떤 분야의 일은 지속 가능성의 전망은 어둡지만, 시도
가능성이 열린 경우가 있다. 가령 전자가 전기자동차를
만드는 일이고, 후자가 책을 만드는 일이 되지 않을까 싶다.
출판은 자본주의 사회의 산업 분야에서 매우 드물게 시도
가능성이 누구에게나 열린 분야라고, 나는 생각한다. 이른바,
'개나 소나 다 책을 내는' 매우 독특하고도 특별한 시장인
셈이다. 특히 독립 출판과 텀블벅과 언리미티드에디션 등을

바라보면 시도 가능성으로 연결된 네트워크의 윤곽을 그려 보게 된다. 하지만 그 말은 반대로 지속 가능성은 매우 취약하다는 뜻을 동시에 품고 있기도 하다.

여전히 잡지의 지속 가능성을 고민할 수밖에 없고, 결코 그 굴레에서 벗어나지 못할 테지만, 이제는 그럴 때마다 일부러 시도 가능성을 함께 떠올리곤 한다. 그리고 내가 지금 하는 이 일은 대체로 지속 가능성과는 사이가 멀고, 시도 가능성과는 제법 가깝다는 사실을 되새긴다.

창간 ◯

준비 ◯

기획 ◯

편집 ●

제작 ◯

출간 ◯

그 어떤 책도 글을 한 번에 쭉 써서 세상에 나오는 경우가 없기에 모든 책은 모아서 엮는 일, 즉 편집 과정이 반드시 필요하다. 잡지든, 단행본이든 여러 글을 모아서 한 권으로 엮는 편집 과정은 대부분 비슷한데, 다만 잡지에는 여러 필자가 참여하고 다양한 형태의 기사가 수록되며 사진과 그림 등 다채로운 이미지가 포함되기 때문에 그 편집 과정이 단행본보다 훨씬 번잡하고 번거로울 수밖에 없다. 잡지라는 말을 이루는 한자어 '잡'雜은 이미 '모이다·섞이다'라는 뜻이다. 이는 잡지가 만들어지는 과정과 그 결과물을 동시에 가리킨다.

기사 형태를 고르자

잡지에 수록된 기사의 형태가 다양할수록 독자는 다채로운 읽을거리를 접한다고 느낀다. 똑같은 주제나 대상일지라도 어떤 형태의 기사를 선택하느냐에 따라 전달되는 내용과 제작 과정은 크게 달라진다. 가령 '이태원 참사'를 다룬다고 하면 현장 취재 기사에 해당 사건 발생 전후로 주요 대목을 타임라인으로 구성해 제시하는 것과 함께 현장의 모습을 보여 줄 수 있는 사진 취재도 준비해야 할 것이다. 목격자 또는 생존자 인터뷰 기사라면 무엇보다 대상자를 확보하고, 섭외 과정에서 그들의 신뢰를 얻는 일이 필수다. 인터뷰를 하면서 대상자의 트라우마를 자극하지 않도록 조심해야 할 부분에 관해서 심리학자나 정신과 의사 등에게 자문을 구해야 할 수도 있다.

　한편 칼럼 등의 기고문으로 기사를 꾸민다면 원고를

청탁할 때부터 글의 논조와 방향성에 관해서 필자와 교감을 나누어야 한다. 해당 사건의 진상 규명과 책임을 요구하는 비판조의 글이든, 바람직한 애도와 추모의 방식에 관한 성찰조의 글이든 해당 매체의 기본적인 성향이나 다른 기사들과 어느 정도 결이 맞아야 독자에게 혼란을 주지 않는다.

만약 하나의 주제나 대상을 바탕으로 현장 취재·인터뷰·칼럼 등 다양한 형태의 기사가 제시된다면 독자는 해당 주제나 대상을 더욱 입체적으로 바라볼 수 있다. 특히 원테마 큐레이션 매거진에서 하나의 주제를 다방면으로 접근하는 기사가 충분히 제시되지 않으면 동어반복적인 내용이 될 가능성이 높고, 똑같은 형식의 기사가 반복될수록 독자는 지루해진다. 그렇기 때문에 기술적으로 또 의식적으로 형태와 접근법이 조금씩 다른 기사들로 층을 쌓듯이 잡지를 구상할 필요가 있다.

일반적으로 기사는 크게 스트레이트 기사와 피처 기사 두 형태로 나뉜다. 스트레이트 기사가 객관적인 정보와 사실·최신 뉴스 등을 신속하게 전달하는 쪽에 집중한다면, 피처 기사는 스트레이트 기사보다 심층적인 내용을 바탕으로 독자의 흥미를 돋우고 감동을 유도하기 위해 더욱 적극적으로 이야기를 구성한다. 속보 중심인 일간지와 인터넷 뉴스는 스트레이트 기사의 비중이 높고, 잡지는 대부분 피처 기사의 비중이 높다. 특히 원테마 큐레이션 매거진은 스트레이트 기사 없이 주로 피처 기사로만 잡지 한 권이 채워진다. 피처 기사에도 여러 종류가 있는데, 잡지에서 주로 활용하는 형태로는 르포 기사(현장 취재)·인터뷰·칼럼·에세이(기고문) 정도를 꼽을 수 있다.

르포 기사는 본래 기자가 사건이 벌어진 현장에 직접 방문해 자신이 보고 들은 것을 사실 중심으로 구성해 제시하는 것을 의미하지만, 여기서는 어떤 대상이나 사건을 직접 관찰하고 조사하면서 작성하는 취재형 기사를 통칭하겠다. 이전의 전통적인 르포 기사가 삼인칭 관찰자 시점에서 현장감 있게 사실을 전달하는 것이 중요했다면 요즘의 취재형 기사는 일인칭 관찰자 또는 일인칭 주인공 시점에서 주관적인 사유와 감상을 얼마나 효과적으로 전달할 수 있는지가 중요해졌다. 온라인 검색으로 거의 모든 이미지와 데이터를 취사선택할 수 있는 시대에 독자는 쉽게 접할 수 있는 객관적인 정보보다 직접 체험한 이가 전달하는 주관적인 해석과 경험담에 매력을 느끼기 때문이다. 또한 요즘 독자는 독특한 접근과 해석이 엿보이는 취재형 기사를 작성하는 기자 또는 편집자에게 호감을 느끼면서 그가 소속된 신문이나 잡지 등의 매체에 관심을 두는 경우가 많아졌다. 이전에는 기자보다 특정 매체를 신뢰하는 것이 우선이었다면, 소셜 미디어 도입 이후에는 자신이 팔로우하는 기자의 평판에 따라 매체를 신뢰하는 경향도 나타난다. 이처럼 다른 곳에서 볼 수 없는 취재형 기사를 선보일 수 있는지, 또 특별한 관점을 지닌 취재 인력을 보유했는지 등의 여부는 자신의 브랜드를 인식시키는 데 잡지를 포함한 모든 매체에 중요하다. 이는 창간을 준비하면서부터 중요하게 생각해 볼 화두이기도 하다. 우리 잡지를 차별화하는 취재형 기사는 무엇일까? 그런 기사를 만들 수 있는 인력을 어떻게 확보할까?

특별한 취재형 기사로 해당 잡지의 개성을 드러낼 수 있는 반면, 인터뷰는 잡지를 제작하는 데 가장 안정적이고 실용적인 형태의 기사이다. 인터뷰 대상자를 물색해 섭외하고, 질문지를 구성해 인터뷰를 진행하고, 그 내용을 정리하기까지 인터뷰 기사를 완성하는 일련의 과정에 소요되는 시간과 품이 비교적 일정하기 때문이다. 궁금한 내용을 묻고, 그 대답을 들어 정리하는 단순한 방식은 어떠한 주제나 대상에도 활용할 수 있으므로 매호 다른 참여자와 콘텐츠를 초대해야 하는 잡지에 제격이다. 또한 인터뷰에 담기는 문답과 구어체는 어려운 내용도 상대적으로 쉽게 전달하며 직접 이야기를 듣는 효과를 자아낸다. 이러한 장점 때문에 모든 기사를 인터뷰 형식으로만 작성하는 잡지도 있고, 다종다양한 사람들에게 똑같은 질문을 던지고, 그 차이를 살피는 방식도 자주 사용된다. 하지만 인터뷰 형식에 지나치게 의존한다면 독자의 눈길을 끌거나 해당 잡지만의 컬러를 드러내기에는 분명히 한계가 있다. 근본적으로 인터뷰어의 대답 중심으로 구성되는 인터뷰 기사에 해당 잡지의 정체성이나 특색을 담기 어렵고, 대상자가 지닌 이야기나 솔직함에 따라 기사 내용이 크게 좌우되기 때문이다.

인터뷰 기사로 독자의 이목을 집중시키는 가장 효과적인 전략은 사실 유명한 사람을 섭외하는 것이다. 여기에 인터뷰 질문자도 유명한 사람이라면 그 효과는 배가된다. JTBC『뉴스룸』에서 진행했던 손석희의 인터뷰가 대표적인 예이다. 하지만 유명인을 인터뷰하는 것은 효과가 큰 만큼 섭외가 어렵고, 만약 섭외해도 이미 널리 알려진 이야기 이외의 새로운 내용을 인터뷰에 담기는 더 어려울 것이다. 그렇다면 얼마나 유명한 사람을 섭외하느냐에 몰두하기보다는 인터뷰 섭외 대상이나 접근 방식에서 일정한 콘셉트나 특정한 톤을 유지하는 방식을 고민하면 어떨까? 가령 인터뷰 기사만 제공하는 앱 '더 톡스'The Talks는 유명인을 섭외하긴 하지만, 홍보성 질문과 대답을 인터뷰에 포함하지 않는 방식으로 독자의 호응을 얻고 있다.

칼럼이나 에세이 등을 포함한 기고문은 외부 필자에게 원고를 청탁해 수록한 기사이다. 이는 잡지의 내부 인력이 접근하기 어려운 특정 영역의 전문 지식을 다뤄야 할 때, 또는 소설가나 시인·수필가 등이 전문적인 글쓰기를 통해 만들어 낸 풍부하고 흥미로운 이야기를 독자에게 제공해야 할 때 효과적이다. 콘텐츠의 소비가 이미 오래전부터 문자보다는 이미지와 영상을 중심으로, 최근에는 숏폼◎ 중심으로 이뤄지면서 잡지에서도 글 한 편의 분량이 점점 짧아지는 추세다. 그리고 점점 짧은 글을 여러 편 수록하게 되면서 잡지 한 권에는 이전보다 훨씬 더 많은 필자가 참여하게 되었다. 그러다 보니 결과적으로 필자 라인업이 독자에게 잡지의 첫인상을 좌우하는 중요한 요소 중의 하나가 되었다. 대형 출판사에서 발행하는 잡지가 늘어나고, 이러한 잡지가 취재형 기사보다는 출판사와 관계된 단행본 필자의 기고문으로 콘텐츠를 채우면서 필자 라인업 경쟁은 더욱 강화되는 형국이다. 이러한 분위기에 무작정 휩쓸리기보

◎ 짧은 영상으로 이루어진 콘텐츠.

다는 내가 만들고자 하는 잡지의 성격이나 주제와 잘 어울리는 필자를 물색하는 일이 중요하다.

　　동시에 전체 가용 원고료 예산을 초과하지 않을 정도의 현실적인 라인업을 구성하려면 원고 청탁에도 선택과 집중이 필요하다. 그러려면 평소에 틈틈이 우리 잡지와 톤앤드매너가 잘 어울리면서도 독자에게 어필할 수 있는 필자 리스트를 차곡차곡 쌓아 나가는 것이 좋다. 여기저기 집필 능력이 뛰어난 필자를 수소문하면서 그들의 글을 한 편씩이라도 정독하고, 온라인 서점에서 필자들의 판매지수도 한 번 체크해 보자. 내가 다독가나 숙련된 독자라면 큰 문제 없이 필자 리스트를 채울 테지만, 그렇지 않다면 주변에 다독가 지인을 확보하고 수시로 물어보는 것도 방법이다.

보여 줄수록, 말해 줄수록

끝까지 보려고 하는 사진가의 나쁜 습관처럼 끝까지 보여
주려고 하는 편집자의 못된 직업병도 있다.

세월호가 인양되어 목포에 도착했을 때, 주변에 아는
사진가들이 득달같이 그곳에 내려갔다. 마치 사냥감을
발견하고 달려드는 맹수처럼. '그걸 찍어서 도대체 뭘
어쩌려고?' 툴툴거리면서도, 그들이 잘 찍어 오기를 내심
기대하는 나 자신을 발견했다. 잡지에서 잘 보여 주려는
요량으로. 그런데, 나 또한 '그걸 보여 줘서 도대체 뭘
어쩌려고?'

그 이후로 몇 번씩 잡지에서 '보여 주고 싶다'는 마음과
'그렇게 보여 준다고 무슨 소용이 있느냐'는 마음이
갈팡질팡했다. 그러다 어느 일간지 일면에 실린 사진을
접하면서 보여 주고 싶은 편집자의 욕망이 어떻게 어긋날 수
있는지를 곱씹게 되었다. 일면에는 높은 화각으로 세월호의
전체 몸을 담은 사진이 있었고, 그 위에는 네 줄의 문장이
쓰여 있었다. '어둠은 빛을 이길 수 없다. 거짓은 참을 이길
수 없다. 진실은 침몰하지 않는다. 우리는 포기하지 않는다.'
3년 만에 올라온 세월호가 담긴 사진, 신문사에서 그
사진을 쓰지 않을 도리가 없다. 언론 매체로서 보여 줘야
하는 사명감도 있고, 보여 주고 싶은 직업적 욕심도 있었을
것이다. 그러나 하늘에서 이 모든 걸 관망하는 듯한 사진의
시선은 꽤 마뜩잖은 느낌이 들었다. 더 마음에 걸렸던 건 네

줄의 문장이었다. 일면을 모두 터서 그 사진을 가장 크게 보여 주고 싶었던 편집자는 왜 사진 위에 저 문장을 올렸을까. 어쩌면 크게 보여 주고 싶은 자신의 욕망만큼 스스로 납득할 만한 명분이 필요했던 건 아닐까. 부끄럽게도 나 또한 편집자로서 그런 수법을 쓰곤 했다. 결국, 내가 보여 주고 싶은 욕망이 더 크면서도, 역사의 한 장면이나 시대의 증언 같은 명분이나 구호를 앞세워 당신이 꼭 봐야 한다는 식으로 강조하곤 했다. 그러나 저 문장을 발화하는 주체는 과연 누구인가, 여기서 우리는 과연 누구여야 하는가. 물론 저 말에 담긴 선의는 잘 알고 있다. 고통과 아픔을 함께 나누고 공감하려는 마음도 충분히 알겠다. 그러나 유가족 중 누군가는 뭍으로 올라온 세월호의 처참한 몰골을 바라보며 분노하면서 저주를 퍼붓고 있는지도 모르고, 또 누군가는 극심한 고통에 숨조차 쉬기 어려울지도 모를 일이다. 어쩌면 누군가에게 세상의 끝에 몰린 듯한 분노와 고통을 안겨 줄지도 모를 이미지 앞에서 과연 우리는 '우리'라는 말을 써도 될까. 이미 온통 어둠 속에 갇힌 자에게, 세상이 온통 거짓투성이로 느껴질 그들 앞에서 '어둠은 빛을 이길 수 없다. 거짓은 참을 이길 수 없다'고 말할 수 있을까. 그건 어쩌면 우리의 알량한 정의감을 확인하는 구호를 위한 구호나 입에 발린 소리에 불과한 것은 아닐까.

나는 영화 『밀양』의 한 장면이 떠올랐다. 아이를 잃은 신애(전도연 분)는 하루하루 고통 속에 살다가 종교에 의지해 조금씩 회복한다. 그리고 교리를 따라 아이를 죽인 살인범을 용서하기로 마음먹고 그를 만나러 교도소로 향한다. 그러나 면회실에서 만난 살인자는 그녀가 당황스러울 정도로 평온한 얼굴이었다. 그리고 뜻밖의 이야기를 내뱉는다. 하나님께 용서를 받았다고. 어떻게 자신이 용서하지 않았는데, 하나님이 먼저 용서를 할 수 있을까. 신애에게는 (아무리 하나님일지라도) 자신을 대신해, 자신보다 먼저 그 살인범을 용서하는 것은 도저히 용납할 수 없는 일이었다. 그 이후로 신애는 하나님을 부정하며 기이한 일을 벌이게 된다. 마찬가지로 3년 만에 저 처참한 몰골로 나타난 세월호 앞에서, 그 모습을 보고 유가족이 오열하는 가운데 우리가 그들을 대신해, 그들보다 먼저 '우리는 포기하지 않는다'고 말할 수는 없다. 그것이 아무리 훌륭한 선의와 진심을 담고 있다고 해도 말이다. 선의와 진심이 가득 담긴 사진과 구호도 보일수록 말할수록 닳고 닳아 상투적인 이미지와 문장으로 굳어진다. 어쩌면 가장 끔찍한 일은 2014년 4월 16일을 망각하는 것보다 익숙해진 대표 이미지 몇 개와 입에 붙은 구호 몇 마디로 그날의 기억이 가난해지는 것일지도 모르겠다.

다음 호에서는 무언가를 꼭 보여 주고 말해 주고 싶다는 마음이 앞설 때, 그 일면 사진과 네 줄의 문장을 떠올리며 그 마음을 가라앉힌다. 편집자의 바람과 달리 보여 줄수록 말해 줄수록 오히려 우리의 기억이 상투적이고 가난해질 수 있다는 것은 잡지를 만들며 내내 가장 무섭고도 두려운 사실이다.

기사를 쓰자

기사를 쓸 때 중요하게 고려할 사항은 무엇일까?

정보량 시나 소설·에세이 등의 창작물은 필자의 주관적인 생각과 감정·상상 등에 따라 내용이 펼쳐지는 반면, 기사는 대상에 관한 객관적인 정보를 수집하고 정리하는 과정을 통해 완성된다. 기삿거리가 사건이나 인물, 혹은 예술 작품이나 맛집 등 그 대상에 관한 정보를 얼마나 풍부하게 수집하느냐, 이 정보를 어떻게 효과적으로 재구성하느냐에 따라 기사의 설득력이 달라진다. 여기서 정보는 사진과 그림 등 시각적인 정보까지 포함한다. 일반적으로 접근하기 어려운 정보를 다룰수록, 복잡한 정보를 일목요연하게 제시할수록 기사의 가치는 높아진다.

팩트 체크 기사에서 정보의 풍성함만큼이나 중요한 것은 정보의 정확함이다. 기사의 내용이 아무리 재미있다고 해도 부정확한 정보가 담겨 있다면 독자에게 외면당할 수밖에 없다. 불특정 다수의 독자 중에는 내가 쓰려고 하는 기삿거리와 연관된 영역의 전문가도 있기 마련이라 틀린 정보는 언젠가 드러난다. 기사는 기본적으로 직접 취재해 얻은 정보와 출처가 확실한 정보를 바탕으로 작성한다. 가령 기사에서 어떤 영화나 소설을 주로 언급한다면, 그 작품을 직접 감상하는 것이 기사 작성에 필요한 최소한의 준비라 할 수 있다. 불가피하게 보도 자료나 홍보 자료를 주로 참고해 기사를 작성할 경우 불확실한 정보는 거른다. 특히 보도 자료에 '최초' '최고'라고 강조된 내용들은 배포처의 주장일 뿐, 대부분 그 근거가 확실하지 않으므로 그런 표현은 기사에 옮기지 않는 것이 좋다.

문장력 일간지의 스트레이트 기사라면 앞서 말한 정보량과 팩트 체크 조건을 충족하는 것만으로도 훌륭한 기사가 될 수 있다. 하지만 잡지를 읽는 독자는 정보뿐만 아니라 재미를 원하는 경우가 많다. 그렇기 때문에 정보를 간결하고 객관적으로 전달하는 스트레이트 기사보다는 이야기를 흥미롭게 만드는 문장력이 요구된다. 이는 단순히 미문을 잘 쓴다기보다는 정보를 해석하는 새로운 접근이 문장에 녹아드는 것을 뜻한다. 이러한 관점을 문장에서 드러내려면 때로 중립적이고 객관적인 삼인칭 시점의 문체만으로는 한계가 있다. 특히 요즘 먹방을 비롯한 유튜브 콘텐츠 또는 롤플레잉 게임 등을 통해 일인칭 시점의 스토리텔링에 익숙해진 독자들은 삼인칭 시점의 문체를 지루해하거나 그것과 거리감을 느끼는 경우가 많다. 기사에서 다루는 정보를 수집하고 정리하는 과정에서는 객관성(삼인칭)을 유지하되, 이 정보를 가공하고 전달할 때는 적극적으로 화자를 드러내면서(일인칭) 독자에게 좀 더 가까이 다가간다.

분량과 마감 일정한 주기로 출간되는 잡지의 현실적인 토대를 고려하면 기사 내용만큼이나 분량과 마감을 지키는 일도 중요하다. 기사를 완성한 다음 내용에 맞게 분량과 구성을 정해 편집하고, 그다음에 인쇄·제작해 출간하면 좋겠지만, 실제 잡지 제작 일정은 그 역순으로 결정된다. 출간일을 먼저 결정하고 그에 따라 인쇄·제작 및 편집 일정 등을 정하는 식이다. 기사 또한 분량과 편집 구성을 어느 정도 예상해 차례를 짠 이후에 작성된다. 이런 가운데 특정 기사 한 꼭지가 분량이나 마감에서 문제가 생겨서 전체적으로 페이지를 대폭 조정하거나 제작 일정을 연기해야 한다면 너무나 소모적이다. 만약 내가 글을 잘 쓰고 싶다는 욕심 때문에 기사를 계속 붙잡고 있다면, 잡지의 출간일 또한 계속 늦춰진다. 이는 독자와의 약속을 어기는 것일 뿐만 아니라 일정을 맞추려고 노력한 다른 참여자들의 수고를 퇴색시키는 일이다. 그렇기에 기사를 작성할 때는 글을 잘 쓰고 싶다는 욕심을 자제한다. 개인으로서 글을 잘 쓰고 싶다는 욕심에는 어떠한 제한이 있을 수 없겠지만, 한 잡지의 팀원으로서 기사를 작성할 때는 분량과 마감 일정 안에서만 욕심을 부릴 수 있으니 말이다.

르포를 포함해 **취재형 기사**를 작성할 때는 어떻게 하면 정보를 풍부하고 입체적으로 제공할 수 있을지 고민한다. 여기서 정보는 쉽게 말하자면 육하원칙(누가·언제·어디서·무엇을·어떻게·왜)에 해당되는 내용이다. 기사문을 쓰거나 취재할 때도 육하원칙에 입각해야 한다. 육하원칙의 각 항목에 얼마나 자세하게 수식어를 붙일 수 있느냐에 따라 기사의 내용은 달라지며, 이에 따라 취재가 얼마나 잘 이뤄졌는지도 판단할 수 있다. 그러나 사건이나 대상과 관련된 육하원칙의 정보를 많이 수집한다고 해서 무조건 좋은 기사가 되는 것은 아니다. 스트레이트 기사가 해당 사건의 육하원칙에 집중한다면, 취재형 기사에서는 이 사건을 바라보는 이들의 육하원칙을 얼마나 다양하게 제시할 수 있을지 구상할 필요가 있다. 사건의 당사자(가해자와 피해자)·목격자·사건이 속한 영역의 전문가의 의견, 일반 시민의 반응 등 사건을 둘러싼 다양한 의견과 입장을 다루는 것이다. 여기에는 사건을 취재하면서 얻게 된 기자의 관점과 해석도 포함된다. 그리고 이 사건이 기사를 접하는 사람들과 어떻게 연결될 수 있는지, 우리의 실생활에서는 어떤 의미를 지닐 수 있을지 독자의 육하원칙도 함께 살펴본다. 해당 사건이 여러 피해자를 발생시킬 가능성이 있다면 독자를 위해 기사에서 대처 매뉴얼을 제공할 수 있을 것이다. 만약 독자가 사건 피해자들과 연대를 원할 여지가 있다면 그 방법을 기사에서 언급할 수도 있다. 기사에서 다루는 대상부터 그 대상을 둘러싼 여러 입장 그리고 독자까지 여러 층위에서 육하원칙을 구성할 수 있느냐에 따라 취재형 기사의 완성도는 달라질 것이다.

인터뷰 기사에서는 먼저 내가 가장 궁금한 사람이 누구인지, 동시에 독자가 가장 궁금해할 사람이 누구인지 고민한다. 내가 궁금할 때 질문은 생생해지고, 독자가 궁금할 때 기사의 가독성은 높아진다. 실제로 궁금하지도 않은데 행하는 관성적인 인터뷰는 질문지 작성부터 인터뷰 진행·녹취 정리까지 모든 과정이 괴로워지고, 독자를 지루하게 만들 뿐이다. 그렇다면 상대를 궁금해하는 것 그리고 궁금한 만큼 상대의 이야기를 유심히 듣는 것이 인터뷰의 기본이라 할 수 있다. 하지만 그 기본을 행하는 것이 무척 어려우므로 인터뷰 기사는 생각보다 쉽지 않다. 보통 인터뷰 대상에 관한 정보가 부족할 때는 가벼운 질문만 던지게 되고, 또 반대로 정보가 많으면 이미 알고 있는 것을 묻게 될 때가 많다. 그렇게 묻고 답하는 내용은 이미 다른 잡지의 인터뷰 기사에서 나왔을 가능성이 높다. 이럴 때 중요한 것이 재질문인데, 상대방의 대답에 따라 즉흥적으로 적절한 질문을 던지는 일은 꽤 어렵다. 인터뷰 내내 상대를 궁금해하고, 그의 이야기에 계속 귀를 기울이는 데는 고도의 집중력이 필요하기 때문이다. 만약 재질문할 수 없는 상황에서 가령 서면 인터뷰나 사전에 준비한 핵심 질문만 던지는 식이라면 내가 정말 상대를 궁금해하는지, 그의 이야기를 진짜 듣고 싶은지 스스로 의심할 필요가 있다. 어느 잡지에서나 볼 수 있는 질문과 답변이 실린 인터뷰 기사는 과연 누구를 위한 것일까.

　가급적이면 궁금한 사람에게 재질문을 할 수 있는 상황에서 인터뷰를 하자. 그리고 녹취한 내용을 검토하면서 인터뷰 내용을 문답식으로 정리할지, 아니면 서술형 기사로 풀어쓸지 결정한다. 인터뷰를 하기 전에 미리 형식을 결정하지 않는 것이 좋다. 인터뷰 대상의 답변이 비교적 풍성하고, 그의 직접적인 목소리와 워딩, 질문과 대답의 문맥 등을 노출해야 효과적일 때는 문답식이 적절하다. 하지만 질문을 회피하거나 질문의 의도와 다른 답변이 많다면 문답식 형태는 독자에게 답답함을 줄 수 있다. 인터뷰 내용을 서술형 기사로 풀어내는 형태는 인터뷰 전후로 쌓인 정보를 밝혀야 할 경우나 문답식 형태가 오해의 소지가 있을 경우에 사용한다. 때에 따라서는 두 형태를 절충해서 기사를 구성하기도 한다.

　만약 문답식을 선택한다면 인터뷰 내용을 적극적으로 수정·보완·가공할지 아니면 최소화할지 결정한다. 인터뷰 대상이 워낙 유명해서 모든 답변이 독자에게 정보 값으로 매겨지거나 답변의 내용이 풍부하고 흥미롭다면, 또 그 답변이 맞춤법이나 어순에 큰 문제가 없다면 가공을 최소화해도 좋을 것이다. 또한 어떤 사건의 진상이나 특정 사안의 시비를 가리는 데 중요한 내용이라면 어떠한 가공도 없이 답변을 그대로 전달하는 것이 바람직하다. 그렇지 않다면 인터뷰에서 나눴던 내용은 팩트에 어긋나지 않는 한에서 독자를 위해 적극적으로 가공한다. 인터뷰에서 나눈 질문과 답변은 모두 그대로 기사에 담기지 않아도 된다. 인터뷰에서 10개의 질문을 했다면, 그중에서 흥미로운 답변 6~7개 중심으로 기사를 재구성하면서 질문과 답변을 독자가 읽기 좋게 다듬는다. 이 과정에서 인터뷰 대상이 실수로 잘못 말한 부분들(연도나 고유명사 등)은 바로잡는다. 또한 편집자가 보기에 차별적이거나 혐오적인 내용·부족한 젠더 감수성이 드러나는 발언 등이 있다면 인터뷰 대상과 의논해 순화할 필요도 있다. 실제로 그런 말을 인터뷰 대상이 했다고 해도, 이를 다시 확인하고 기사에 포함시킬지 판단하는 일은 잡지 편집자의 중요한 몫이다.

기사를 편집하자

보통 사진 잡지나 미술 잡지 등 이른바 전문지를 발행하는 잡지사의 편집부는 인력 4∼5명쯤으로 구성된다. 편집장 1명·선임기자 1명·평기자 2∼3명. 이렇게 단출한 인력이지만 편집부는 신기하게도 매달 잡지 한 권을 꼬박꼬박 세상에 내놓는다. 이보다 규모가 큰 편집부에서는 보통 취재기자와 편집기자의 역할을 나누고, 교정교열자를 따로 두기도 한다. 하지만 대부분 그럴 여력이 없는 소규모의 잡지 편집부는 모든 구성원이 취재도 하고·기사도 쓰고·편집도 하고·교정교열도 한다.

처음 사진 잡지사에 들어갔을 때 어려움을 겪었던 이유는 첫 회사 생활이기도 했지만, (돌이켜 생각해 보면) 취재·기사 작성·편집·교정교열 등 어떤 파트의 업무 능력도 제대로 갖추지 못했기 때문이다. 사진 잡지를 만들고 싶다고 막연하게 생각했지만, 구체적으로 취재를 하거나 기사를 쓴다고는 단 한 번도 상상하지 못했다. 그래서 처음 잡지사에 들어가고 명함이 나왔을 때, '기자'라는 직함이 살짝 당혹스럽기도 했다. 그때만 해도 '기자'라면 살인 사건이나 정치 비리의 진실을 파헤치는 일간지 사회부 열혈 기자를 떠올렸기에 나와 동떨어진 직업군이라고 여겼기 때문이다. 그럼에도 점점 '기자'라는 호칭에 익숙해질 수 있었던 이유는 수습 기간이 끝나고 여전히 초짜임에도 불구하고 취재와 기사 작성을 자율적으로 진행할 수 있다는 장점을 발견했기 때문이다. 편집장이나 선임기자의 데스킹을 통과하고 마감 기한을 어기지만 않는다면, 편집부 기자들은 각자 자신의 기사 아이템을 조사·취재하고 기사를 완성하기까지 별다른 간섭 없이 일을 할 수 있었다. 마치 독립적인 프로젝트를 완수하는 과정에 가까웠고, 이에 상응하는 만족감을 느낄 수 있었다. 그래서 잡지가 나올 때마다 이번에는 몇 개의 꼭지를 맡았고, 몇 건의 기사를 썼는지 스스로 세어 보면서 흡족해했다. 단행본 편집자와 달리 잡지 편집자에게 '기자'라는 호칭이 함께 따르는 것은 그만큼 취재와 기사 작성이 잡지에서 중요한 일이기 때문이라고도 생각했다. 때로는 무리를 해서라도 여러 꼭지를 맡거나 기사를 최대한 많이 쓰려고 했다. 그만큼 내 이름이 달린 바이라인이 잡지에 자주 등장하니 어쩌면 그 달콤한 맛에 취해 그랬을 지도 모른다.

하지만 어김없이 빠르게 돌아오는 편집 기간이 닥쳐 서야 바이라인에 너무 집착했다는 걸 뒤늦게 깨달았다. 다 른 동료들은 기사를 편집하고 교정교열을 보며 디자이너 와 함께 수정 작업을 하는데, 나만 끝내지 못한 기사를 붙잡 고 있었다. 그렇게 가까스로 끝마친 기사는 내용에 맞게 편 집하거나 수정할 시간이 부족했고, 그만큼 독자에게 효과 적으로 전달되지 않았을 가능성이 높다. 아무리 공들인 취 재나 꼼꼼하게 작성한 기사도 바로 잡지가 되는 것은 당연 히 아니다. 기사들이 모여 한 권의 잡지를 이루고 독자에게 더 효과적으로 전달되려면 일정한 가공 과정이 필요하다 는 걸 점차 깨달으면서 편집 과정의 중요성을 인식하게 되 었다.

흔히 '편집'이라면 교정교열을 먼저 떠올리게 되고, '교 정교열'이라면 맞춤법과 띄어쓰기를 떠올린다. 또한 '편집 자'라면 빨간 펜을 들고 글을 바르게 고치는 사람 정도로 인 식하기 십상이다. 물론 편집자에게 교정교열은 중요한 일이다. 효과적인 편집 디자인으로 구성된 기사에 아무리 탁월한 내용이 담겨 있다고 해도 맞춤법이나 띄어쓰기 오류가 많다면 설득력이 떨어지기 때문이다. 단행본이든 잡지든 내용과 형식에서 공을 들였는데, 출간 후 오탈자가 발견되면 그만큼 속상한 일도 없다. 특히 내용에서 중요한 인명·지명·제목 등에서의 오탈자는 속상함 정도로 그치지 않고 편집자라는 직업인으로서 치명적인 일이다.

공교롭게도 치명적인 오탈자일수록 출간된 책을 받아서 처음 펼쳤을 때 화창한 날의 일출처럼 선명하게 떠오른다. 상기된 얼굴로 다른 페이지를 황급히 넘기며 분명한 사실을 깨닫는다. 일단 책이 나오면 고칠 수도, 바꿀 수도 없다는 지극히 당연한 사실을 실감하고, 디지털 데이터(한글 파일 → 인디자인 파일 → PDF 파일)가 '종이책'이라는 몸을 지니게 되는 출판이란 말 그대로 '비가역적인 과정'이라는 불변의 사실도 곱씹게 된다. 만약 운이 좋아 중쇄를 한다면 오류를 바로잡을 수 있지만, 그렇지 못하면 해당 출판물은 계속 오탈자를 지닌 채 남아 있을 것이다. 새로운 책이 나올 때마다 이러한 시행착오를 직접 몸으로 겪는 편집자들은 의식적으로 또 무의식적으로 교정교열에 집착할 수밖에 없다. 실제로 교정교열에 많은 시간과 품을 들이고, 잡지

사든 출판사든 신입 직원이 들어오면 대개 교정교열 원칙부터 배우고 이 업무에 가장 먼저 투입되는 이유다.

하지만 교정교열이 곧 편집 과정이라거나 문장을 고치는 과정이라고 여기는 것은 편집과 교정교열의 가능성을 축소하는 일이다. 교정교열을 포함해 편집은 잘못된 표기를 고치고 어색한 문장의 윤문뿐 아니라 내용상에서의 논리적 오류를 살피고, 글의 구조와 서술 방식까지도 두루 다듬는 과정이다. 실제로 일본의 한 출판 편집자는 편집 과정에서 원고를 검토하면서 소설에서 묘사된 주요 공간을 세트로 만들어 본다고 한다. 그리고 이를 기준으로 등장인물들의 동선이 해당 공간과 부합하는지 살핀다. 만약 그 소설이 밀실에서 벌어진 살인 사건을 다룬다면 공간 묘사와 등장인물의 동선이 일치해야 내용의 개연성이 높아지기 때문이다. 그런가 하면 국내의 어느 문학 편집자는 소설가가 장편소설로 쓴 원고를 단편소설 분량으로 줄여서 출간하기도 했다. 물론 소설가가 편집자의 제안을 받아들이지 않는다면 불가능한 일이다. 장편보다 단편으로 출간되면 주제 의식이 더 집약적으로 드러나리라는 사실을 인정한 소설가가 편집자의 과감한 제안을 수용한 것이다. 결과적으로 해당 단편은 독자에게도 좋은 반응을 얻었다고 한다. 두 사례는 매우 드문 경우이지만, 편집의 의미와 편집자의 역할에 관해서 다시 생각할 여지를 준다는 점에서 시사하는 바가 크다. 그리고 두 편집자가 일반적으로 생각하는 편집의 영역을 넘어 직접 세트를 만들어 원고의 내용과 비교하거나 소설가의 창작물에 깊이 개입하는 과정에서 필자와 독자 모두 균형 있게 살피고 있다는 점에 주목할 필요가 있다. 세트를 만들거나 원고 분량 축소를 제안하는 것은 무엇보다 필자의 원고를 면밀하게 검토했고, 더 나아가 얼마만큼 독자에게 유의미하게 가닿을 수 있을지 고민했기 때문에 가능했을 것이다.

기사를 편집하는 원리도 마찬가지이다. 기사에서 오탈자를 고치고 문장을 다듬는 단순한 일부터 내용상 사실에 어긋난 부분이나 모순을 바로잡는 일, 줄글을 적절한 분량으로 나눠 중간 제목을 달고, 배경지식이나 부연 설명에 해당하는 부분은 떼어 내어 박스 기사로 구성하거나 내용에 어울리는 이미지를 배치하는 등 판면을 짜는 일까지, 결국 기사를 편집하는 일은 일차적으로 기사의 완성도를 높이는 과정인 것이다. 동시에 그 기사가 효과적으로 전달될 수 있도록 독자의 눈높이에서 내용과 형식의 균형을 맞추는 과정이다. 여기서 교정교열이 수반되고, 한글 맞춤법과

외래어 표기법 등의 매뉴얼이 필수적이지만, 이는 편집의 기본일 뿐 전부는 아닐 것이다. 편집과 관련된 여러 규칙과 매뉴얼을 수시로 참고하고 익히되, 편집 과정에서는 규칙과 매뉴얼을 지키는 일만큼 의식적으로 독자와 소통하려는 시도에 방점을 두어야 한다.

　　예를 들면 기사에서 공들여 작성한 대목이 글보다는 사진으로 보여 주면 효과적일 때가 있다. 때마침 적절한 사진이 있다면 글 대신에 사진을 쓰는 편이 독자에게 좋지 않을까. 공들여 썼다고 해도 해당 대목은 기사에서 제외하고 사진 설명 정도로 재가공하는 편이 더 나을 것이다. 또 이와 반대로 기사에 꼭 사용하고 싶은 이미지가 있거나 때로 필자가 기사에 어떤 이미지를 꼭 넣고 싶다고 의견을 피력할 때도 있다. 하지만 텍스트와 함께 배치한 이미지가 그다지 어울리지 않거나 오히려 독자에게 혼란을 준다면 이유 불문 수록하지 않는 편이 좋다. 글이든 사진이든 독자에게 도움이 되지 않는다면 결과적으로 군더더기이고, 군더더기는 편집에서 걸러 내야 한다. 당연한 이야기처럼 들리겠지만 실제로 행동으로 옮기기는 쉽지 않다. 가장 가까운 거리에서 텍스트와 이미지를 면밀하게 읽고 보는 편집자는 때로 콘텐츠 생산자와 동화되기 쉽기 때문이다.

글이든 사진이든 콘텐츠를 만드는 생산자는 자신이 하나하나 공들인 모든 문장과 장면이 의미가 있다고 여길 수밖에 없다. 하지만 콘텐츠를 즐기는 소비자는 모든 문장과 장면에 집중하기보다는 자신에게 필요하거나 공감되는 의미를 취사선택하기 마련이다. 똑같은 문장과 장면에서 생산자와 소비자가 읽고 보는 의미의 차이가 존재할 때, 이러한 정보량의 차이에서 간격을 메우고 균형을 맞추는 이가 편집자이다. 그렇다면 정보량이 100인 생산자와 정보량이 0일 수도 있는 이가 포함된 소비자 사이에서 어떤 정보를 얼만큼 어떻게 전달할 수 있을지를 가늠하는 일이 중요하다. 텍스트의 어떤 대목을 강조하고 삭제할지, 어떤 이미지를 텍스트와 함께 배치할지, 중요한 텍스트와 이미지를 앞에 보여 줄지 뒤로 숨길지, 경어체로 문체를 바꾸거나 인터뷰 형식으로 재가공하면 더 읽기 쉬울지, 고민하고 선택해야 한다. 이처럼 다양한 변수가 겹친 일련의 과정 속에 편집의 총체적인 의미와 가능성이 숨겨져 있는 것은 아닐까.

잡지답게 vs. 책답게

책은 '읽는다'는 표현이, 잡지는 '본다'는 표현이 자연스럽다. 아무래도 책이 텍스트 독해 중심이고, 상대적으로 잡지는 이미지와 시각 중심의 출판물이기 때문일 것이다. 그런데 어떨 때는 책인데도 잡지처럼 보이거나, 반대로 잡지인데도 책처럼 보일 때가 있다. 그 차이는 어디에서 비롯될까? 그 차이를 인식한다면 편집 과정에서 시각적인 전략으로 활용할 수 있다.

(1) 펼침면과 여백 없는 사진 편집

잡지를 가장 잡지답게 보이도록 하는 요소는 무엇보다 펼침면이다. 좌수와 우수 양쪽 지면에 크게 배치된 사진 펼침면 그리고 꼭지와 꼭지 사이를 구분하는 펼침 도비라◎는 잡지를 본다는 느낌을 준다. 특히 사진이 깔린 펼침 도비라 또는 반도비라에 크고 스타일리시한 제목이 배치되면 잡지의 판면이라고 누구나 알아챌 것이다. 텍스트 중심의 단행본에서는 볼 수 없는 요소이기 때문이다. 하지만 의미 없이 펼침면을 남발하면 그 효과는 줄어든다. 잡지나 사진 책에서 사진을 잘 다루는지 확인하려면, 펼침면을 적재적소에 적당한 횟수로 사용하는지 살펴본다. 여기에 한 가지를 더하면 사진을 배치할 때 상하좌우 여백 없이 지면에 꽉 채

◎   각 장이나 섹션을 구분하는 페이지로, 중간 표지 혹은
디바이더라고도 부른다.

우면 더욱 잡지답게 보인다. 그러려면 판형에 맞게 사진을 크롭해야 한다. 잡지스러운 편집을 하고 싶다면 크롭할 수 있는 사진 또는 이미지를 확보해야 한다.

(2) 다단 편집과 고딕 계열의 서체

텍스트를 다단 편집하고, 본문 서체로 고딕 계열을 사용하면 좀 더 잡지처럼 보이는 효과가 있다. 이는 단행본보다 상대적으로 판형이 컸던 잡지의 편집 스타일이라고 볼 수 있다. 지면이 넓기 때문에 텍스트를 2단 또는 3단으로 배치하고, 서체 또한 명조 계열보다 또렷하게 보이는 고딕 계열을 사용한 것이다. 넓은 지면을 효과적으로 배분할 수 있으므로 박스 기사도 자주 활용한다. 이와 반대로 일반적인 단행본은 지면이 좁기 때문에 텍스트를 다단으로 편집할 수 없고, 차분한 느낌을 주는 명조 계열의 서체를 사용한다. 최근에는 판형이 점점 작아지고, 단행본적인 성격이 강해진 잡지들은 일관되게 1단 편집을 하고, 명조 계열 서체를 주로 사용하는 경우도 많다. 반대로 단행본 중에는 잡지의 특집 기사처럼 기획하고, 잡지처럼 편집하는 경우도 많아졌다. 이처럼 잡지와 단행본이 교차하는 상황에서 각각의 고유한 기획 방식이나 편집 스타일을 구별하는 일이 무의미해졌을지도 모르나, 자신이 내고 싶은 잡지의 방향성을 떠올리면서 어떤 스타일의 편집이 더 효과적일지 따져 볼 수 있을 것이다.

사진을 고르자

"대표작으로 보내 주세요."

사진 잡지를 만들면서 많이 하는 업무 중의 하나는 사진가에게 사진을 요청하는 일이다. 보통 사진가의 시리즈 작업 한 개 또는 두세 개로 10페이지 내외의 화보 기사를 구성한다. 이를 위해서 사진가에게 15점 정도의 작품 이미지를 보내 달라고 부탁한다. 처음에는 사진가들에게 대표작 또는 선호하는 이미지 위주로 골라서 보내 달라고 했다. '작가님이 알아서 보내 주세요'라는 식이었다. 아무래도 해당 사진 작업에 관해서 가장 잘 아는 사람은 사진가 본인이니까 독자에게도 사진가 스스로 고른 대표작을 보여 주는 게 가장 좋지 않을까, 그게 사진가를 존중하는 방식이지 않을까, 그런 생각을 했기 때문이다. 사실, 처음 잡지사에 들어가서 그렇게 배웠다.

그러다 보니 몇 가지 문제를 겪게 되었다. 우선 때로 전혀 예상치 못한 이미지, 대표작이라고 하기에는 다소 생경한 이미지를 보내오기도 했다. 객관적인 대표작을 요청했는데 사진가가 매우 주관적인 대표작을 보낸 것이다. 대표작과 상관없이 그저 새로운 걸 보여 주고 싶다는 생각에 신작을 보낸 사진가도 있다. 사진을 다시 보내 달라고 해야 하나, 한숨 나오는 고민에 빠질 수밖에 없었다. 그러나 사진가에게 알아서 보내 달라고 했고, 사진가는 알아서 보냈으니 그를 탓할 수는 없는 노릇이었다. 한편 내가 생각했던 대표작이 그대로 왔는데 문제가 생길 때도 있었다. 다른 사진 잡지에 같은 사진가의 기사가 실렸는데, 사진이 모두 똑같았다. 나도 그쪽도 모두 "대표작으로 보내주세요" 했던 것이다. 대표작에 여러 버전이 있을 리 없으니 사진가는 양쪽 모두 같은 대표작을 보냈을 것이다. 이번에도 사진가를 탓할 수는 없었다.

"제가 고른 사진으로 보내 주실 수 있을까요?"

무턱대고 대표작을 보내 달라고 하는 대신 사진을 보고 골라서 요청하기 시작했다. 물론 그러려면 시간과 품이 더 들어간다. '고른다'는 행위를 제대로 하려면 전체를 봐야 하기 때문이다. 일부만 보고 고른다면 "대표작으로 보내주세요"와 별반 다르지 않다. 어쩌면 무척 비효율적인 과정일지도 모른다. 15점을 고르려고 사진가의 홈페이지에 가서 수백 장의 사진을 보고 고르느라 시간을 보낸다는 점에서 말이다. 그럴 바에는 차라리 사진가의 작업을 소개하는 기사를 더 열심히 쓰고, 사진은 알아서 보내 달라고 하는 편이 더 낫지 않을까. 물론 어느 쪽이 옳고 그르다기보다 다분히 각자 선택의 문제일 것이다. 다만 나는 사진을 직접 보고 직접 고르는 과정에 좀 더 많은 시간을 들이면서 기사를 구성하는 접근 방식 자체가 조금씩 바뀌었다는 사실을 말하고 싶다.

처음에는 다분히 텍스트 중심으로 기사를 완성하는 데 중점을 둔 채 이미지는 부수적인 요소로 취급했는데, 점점 사진을 보고 고르는 시간이 길어지면서 기사를 완성하는 것과 별개로 사진 화보를 궁리하고 텍스트보다 이미지를 먼저 염두에 두게 되었다. 이렇게 무게 중심을 옮기고 나니 사진 잡지든 미술 잡지든 국내에서 시각예술을 다루는 잡지 중에서 이미지 중심으로 편집된 경우가 생각보다 꽤 드물다는 사실을 발견했다. 시각예술 작품을 다루는 잡지이지만 다분히 이미지보다는 텍스트(기사·비평·작가 인터뷰·작가의 말) 전달에 중점을 둔 레이아웃과 편집 디자인을 적용하는 것이다. 텍스트의 흐름에 맞추려고 불규칙하게 끼워 넣은 작은 이미지들, 도판의 해상도가 좋지 않은데도 텍스트에서 강조하는 내용과 연결해 크게 배치된 이미지들, 분량이 남아서 지면을 채우려고 맥락 없이 넣은 이미지들과 분량이 모자라서 빼 버렸을 이미지들까지 그동안 내가 사진을 거칠게 다뤘던 여러 방식을 다른 잡지에서도 거울처럼 바라볼 수 있었다. 이미지의 선택권을 주는 게 사진가를 존중하는 방식이라고 생각했지만, 과연 그럴까. 어쩌면 사진 작품보다 내가 쓴 기사를 전달하는 데 몰두한 건 아닐까. 그건 과연 사진 잡지의 독자에게 좋은 일인가. 무엇보다 사진 잡지를 만든다면, 사진을 위한 편집을 해야 하지 않을까.

처음에는 예상치 못한 사진을 받아 난감해하면서, 다른 잡지와 똑같은 사진 구성이라 민망해하면서 단순하게 '모든 사진을 직접 고르자'라고 생각했지만, 이를 실천에 옮기면서 예기치 않게 중요한 의문과 화두를 마주할 수 있었다. 그리고 나만의 즐거움도 발견했다. 화보 한 꼭지를 꾸미려고 사진가의 홈페이지와 SNS 피드를 정주행하면서 가장 반짝이는 사진을 찾을 때 마주하는 어떤 설렘 말이다. 그 기대감에는 이 반짝이는 사진을 나만 본 것 같은 착시와 그 반짝임을 독자에게 고스란히 전달할 수 있을 것 같은 착각이 모두 들어 있다.

　　물론 어떤 사진가들은 편집자가 사진을 직접 고르는 방식을 달갑지 않게 여기기도 한다. 사진가는 어떤 작업에 분명한 의도가 있고, 이를 최대한 살리려면 당연히 사진가의 의중이 그대로 반영된 이미지로 기사를 구성해야 할 것이다. 나 또한 그 생각을 존중하고 그 생각에 크게 어긋나지 않을 사진을 고르려고 한다. 그래서 내가 고른 사진에서 사진가가 공개하기 곤란한 이미지가 있다면 굳이 싣자고 고집부리지는 않는다. 하지만 잡지의 전체적인 구성과 독자를 고려해 사진을 고르고 재가공해야 하는 편집 과정 자체를 사진가가 인정하지 않는 듯한 인상을 주면, 정중하고 단호한 투로 사진가에게 양해를 구했던 편이다. 10페이지 화보는 무척 제한적인 지면이라 당신의 의도나 세계관을 그대로 옮길 수는 없다고, 잡지는 당신의 작업을 그대로 옮겨오는 도록이 아니라 독자를 위해 당신의 작업을 재가공하는 공간이라고, 그 결과물인 잡지를 통해서 독자는 당신의 작업을 새롭게 만나거나 다르게 해석할 수도 있다고 말이다. 물론 이에 동의하거나 동의하지 않는 것은 오로지 사진가의 몫이자 권리이다.

사진을 고를 때는 최대한 텍스트를 배제하고, 시각적으로 접근한다. 여기서 텍스트는 사진 속의 장면이나 등장인물과 연결된 이야기, 사진이 찍혔을 당시의 상황과 맥락, 촬영자의 의도나 감정 등 다양한 정보를 종합적으로 말한다. 그런데 텍스트를 최대한 배제하는 것은 텍스트가 중요하지 않기 때문이 아니라 대부분의 독자가 우선 아무런 텍스트 없이 사진을 마주하기 때문이다. 이 사진을 처음 보는 사전 정보가 전혀 없는 독자를 상정하고, 그런 상황에서도 시각적 반응을 이끌어 낼 수 있는 이미지를 고른다. 여기서 부족한 텍스트는 추후에 보충할 수 있다. 가령 사진 10점으로 화보를 구성한다면, 우선 시각적인 요소를 중심으로 여유 있게 20점을 고른다. 그다음에 사진가 인터뷰 등 취재를 통해 20점 중에서 텍스트도 함께 풍부한 이미지를 최종적으로 10점 고르는 것이다. 시각적으로 시선을 붙잡고, 텍스트도 부족하지 않으면서 시각적인 요소와도 연결될 때 그 이미지는 어느 때보다 강력한 힘을 발휘한다. 물론 시각적인 요소는 평범해도 내용적으로 감동을 주는 사진도 있다. 하지만 시각적인 반응이 전제되지 않았는데 독자의 관심이 사진의 내용까지 이어지는 경우는 확률상 희박하다. 게다가 텍스트 중심으로 사진을 대한다면 세상에는 보통 이야기나 의미가 없는 사진이 없기 때문에 고르기가 훨씬 더 어렵다.

궁극적으로 편집자가 골라야 하는 사진은 시각적으로, 텍스트적으로 모두 충만한 이미지일 것이다. 하지만 실제로 두 요소 모두 충만한 사진을 자주 만나기는 쉽지 않다. 그리고 편집 과정에서 어떤 사진을 넣거나 빼야 할 때 두 요소를 모두 고려하면 변수가 복잡해져 대체로 진도가 잘 나가지 않는다. 그래서 편집자는 자신이 다루는 콘텐츠에 따라 사진을 고를 때도 의도적으로 시각적인 요소와 텍스트적인 요소 중 어느 한쪽에 집중할 필요도 있다. 독자와의 시각적 소통이 중요한 사진 잡지에서는 다분히 텍스트보다는 시각적인 요소를 우선적으로 고려해 사진을 선택해야 효과적이다. 이야기를 먼저 전달해야 하는 콘텐츠라면 시각적인 요소보다 삽화의 역할에 맞는 사진을 골라야 한다. 이미지나 텍스트의 우위보다는 어떤 선후 관계가 독자를 더 설득할 수 있는지 살피는 것이다.

재미는 있니?

잠시 뜸을 들이고, 입술을 우물쭈물하며 권 교수가 꺼낸
말은 뜻밖이었다. "재미는 있니?" 사진학과 전공 수업의
교실에 앉아 있는 학생들은 그 작업이 별로라는 걸 모두 알고
있었다. 발표자만 제외하고. 누가 먼저 그 불편한 진실을
말할까, 학생들은 눈치를 보고 있었다. 아주 별로이기에
별로라고 말하면 서로 감당할 수 없는 민망함이 밀려오리라.
그러니 지도 교수가 대신 냉철하게 이야기해 주길 모든
학생이 바라고 있었다.

그러나 권 교수는 사진을 가만히 바라보며 말을 아꼈다.
그리곤 학생들의 기대와 어긋난 질문을 던졌다. 저런 별로인
작업에 재미가 무슨 대수인가. 그러나 권 교수는 재미를
물었고, 발표자는 그렇다고 해맑게 답했다. 권 교수는
고개를 살짝 갸우뚱하더니, 곧 그럼 어쩔 수 없다는 표정으로
한마디를 덧붙였다. "뭐, 계속해 봐요. 재미있다면……."
학생들은 모두 의아하다는 표정이었고, 나 또한 당황했다.
본인이 재미있다고 느낀다면 계속해도 되는 거구나,
그것만으로도 충분하구나. 그렇게 생각해 본 적이 한 번도
없었다. 무언가 더 거창하고 대단한 이유가 있어야 한다고
여겼다. 나를 포함해 사진학과 학생들은 거창하고 대단한
의미가 자기 작업 속에 있다고 믿었지만, 그 믿음의
크기만큼 남의 사진을 유심히 보진 않았다. 그건 교수들도
마찬가지였다.

학생이든 교수든 모두 자기가 만든 이미지에 몰입하는 '작가'인 탓이었을까? 크리틱 수업에서 이미지를 유심히 보는 이는 드물었고, 수업은 곧잘 이미지의 향연이 아닌 말의 경연이 되곤 했다. 사진학과에 갔는데 사진을 보여 주는 것이 오히려 더 껄끄러운 일이 되고 말았다. 혹평받을까 싶어서가 아니라, 대부분 유심히 보지 않으니까. 잘 보지 않고도 학생들이 입에 달고 다니는 말은, 나는 원래 이런 사진 좋아해/싫어해. 간혹 내 취향에 맞는 사진만 보겠다는 식의 태도를 지닌 학생들도 있었고, 자신의 취향에 따라 학생들에게 이 작업을 해라 마라, 노골적으로 말하는 교수도 있었다. 학생이든 교수든 자신의 취향에서 벗어난 사진들은 잘 보지 못했다. 취향 감별은 냉소로 변하기 십상이다. 요새 이런 사진 누가 해? 원래 이런 사진은 별로야. 그건 취향이 분명하다기보다는 제대로 보지 않기에 피할 수 없는 편협함에 가까웠다. 그리고 사진을 유심히 보지 않는다는 것은 결국, 그다지 사진을 많이 좋아하지 않는다는 반증이었다.

어쩌면 내가 경험했던 사진학과의 비극은, 사진을 그다지 좋아하지 않는데, 그래서 서로의 사진을 유심히 보지도 않는데, 그래도 자신은 취향이 분명하다고, 사진을 너무 좋아한다고 스스로를 속이는 데서 비롯되었다. 학생이든, 교수든 일주일 내내 사진 한 장 안 찍고, 사진 한 장 안 봐도 아무런 지장 없으면서도, 사진을 좋아한다고 말하는, 그래서 사진을 좋아해야만 하는 모습은 마치 부조리 연극의 한 장면처럼 보였다.

그런 와중에 권 교수는 학교에서 사진을 보여 주고 싶은 매우

드문 사람이었다. 그는 사진을 유심히 보았고, 이미지에
집중했다. 자신의 취향을 강요하지 않았기에 학생들의
사진을 정확하게 보았다. 한번은 수업 시간에 몇 년치의 졸전
작품을 가져와 보여 준 적이 있는데, 학생 이름은 까먹어도
그 학생이 찍은 사진은 잘 기억했다. 좋아하는 일만큼
재미있는 일만큼 오래가는 기억이 또 있을까. 사진을 정말
좋아하기에 사진을 잘 기억하는 거라고 생각했다.

권 교수의 수업 시간에 배운 소중한 교훈은 이렇다. 이미지를
만드는 과정에서 모든 의미는 본인이 재미있다고 느끼는
것에서부터 비롯된다고. 일단 내가 재미를 느낀다면 남들이
뭐라 해도 그만두지 않아도 된다. 물론 재미가 전부는 아닐
테지만 의미가 넘치거나 명분만 앞설 때 모든 일에서 재미는
사라지고 버거움만 남는다. 그리고 작업을 통해 재미든
의미든 무언가를 나누려면 일단 서로가 만든 이미지를
유심히 바라봐야 하고, 그럴 때 이미지를 보여 주고 바라보는
일은 더 이상 껄끄러운 일이 아니라 재미있는 일이 된다.

잡지도 마찬가지가 아닐까. 잡지를 만들며 어떤 한계에
부딪힐 때마다 권 교수의 목소리가 귓가에 메아리처럼
울린다. "재미는 있니?"

사진을 외우자

사진을 외우라고? 이상한 소리처럼 들릴지도 모르겠다. 물론 무슨 수학 공식을 암기하듯이 사진을 외우라는 건 당연히 아니다. 눈을 감고도 이미지를 떠올릴 수 있을 정도로 사진과 친숙해지라는 뜻이다. 꼭 외워야만 사진과 친해지는 건 아니지만, 일단 사진을 외우면 상당히 편리해진다. 그러면 (더 괴상한 소리처럼 들리겠지만) 언제든 사진을 편집할 수 있다. 샤워를 하면서 '앗, 얼굴 정면 사진보다 뒤통수 사진이 더 좋겠구나', 신호를 기다리면서 '아, 나무 사진은 작게 줄이고 텍스트 옆으로 옮겨야겠다' 이런 식으로 어디에서나 머릿속에서 시뮬레이션할 수 있다.

꼭 그래야만 하냐고? 더 나은 방법이 있으면 좋겠지만 나로서는 별다른 수가 없었던 것 같다. 왜냐하면 사진 편집은 모니터 앞에서 정답과 오답을 바로바로 판단하거나 결정하기 쉽지 않기 때문이다. 가령 사진 A와 B가 잘 어울릴 것 같아 펼침면에 나란히 배치했다고 치자. 두 사진이 정말 잘 어울리는지는 시안이 나온 다음에야 알 수 있다. 어울린다면 다행이지만, 어울리지 않는다면 대부분 왜 그런지 어떻게 해결해야 할지 논리적으로 파악되지 않는다. 책에서 작동하는 시선의 흐름이나 게슈탈트 이론 등을 떠올리며 두 사진이 어울리지 않는 원인을 이성적으로 파악해 보려고 하지만 허사로 그친다. 그럴 때는 그냥 이것저것 해 보는 수밖에 없다. 그 무식한 방법은 대개 다음과 같은 순서를 밟는다.

① 좌수에 있는 사진은 우수로, 우수에 있는 사진은 좌수로 위치를 서로 바꿔 본다. 그래도 어색하면 ② 좌수와 우수 모두 사진 주변에 여백을 더 넣어 두 사진 사이에 거리를 확보해 본다. 그래도 별로라면 ③ 우수의 사진은 그대로 두고, 좌수의 사진 크기를 줄여 그 상태에서 좌우 사진을 바꿔 본다. 그래도 마음에 들지 않는다면 ④ A 사진 속에 나타나는 사선과 B 사진 속에 나타나는 수평선의 위치를 맞물리게 배치하거나 A 사진 속 인물의 시선이 떨어지는 지점에 B 사진 속의 사과가 위치하도록 조정해 본다. 여전히 별로라면 ⑤ 두 사진 모두 같은 배경색을 깔거나 한 사진을 크

게 확대해서 두 사진의 배경으로 깔아 본다. 그래도 딱 맞아떨어지는 느낌이 들지 않는다면 ⑥ 포기한다. 어울릴 것 같았던 두 사진이 뭔가 어색할 때 ①부터 ⑤까지의 과정을 건너뛰고 곧장 ⑥을 판단하는 경우는 드물다. 좀 바보 같지만 ①부터 ⑤까지의 과정을 모두 거친 다음에야 비로소 ⑥이라는 결론을 내릴 수 있다. 시각적인 작업은 그 결과물을 시각적으로 확인하지 않고는 판단할 수가 없다. 그렇다면 A와 B가 어울릴까, B와 C가 어울릴까 머릿속으로만 고민하지 말고, 시안을 만들어 눈으로 비교 확인하면 된다. 이처럼 시각적인 작업물을 만들 때 가장 중요한 원칙은 뭐든 시각화해서 눈으로 직접 보고 판단하는 것이다. 그러한 과정을 통해서 A와 B가 어울리지 않는다고 판단된다면 B 사진 다음으로 어울릴 만한 C 사진으로 바꾼다. 그래도 살짝 어색하다면 ①부터 ⑤까지의 과정을 되풀이할 수밖에 없다.

이렇게 반복되는 시행착오를 미연에 방지하려고 최대한 색이나 형태가 유사하거나, 내용 또는 상황이 연결되거나 대비되는 사진으로 조합을 만들어 보지만, 앞서 언급한 수정 과정 없이 단번에 두 장의 사진이 한 지면에서 마음에 들게 매칭되는 경우는 흔하지 않다. 이처럼 실제로 지면에

엎혀서 보지 않고서는 알 수 없는 상황에서, 사진을 외우고 있으면 편집 효율을 훨씬 올릴 수 있다.

또한 잡지에 들어가는 사진을 대부분 외우고 있어야 중요한 사진이 누락되거나 어떤 사진이 중복되는 등의 편집 실수를 잡아낼 가능성이 높아진다. 사진 편집에서 벌어지는 실수는 (경험적으로) 사진의 숫자가 많을 때보다 익숙하지 않은 사진이라 잘 외워지지 않을 때 자주 발생한다. 특히 여러 사진가의 다양한 사진을 한 권에 담아야 하는 사진 잡지를 편집하다 보면 A 사진가의 사진이 B 사진가의 기사에 잘못 들어가는 경우도 생긴다. 사진을 외우고 있지 않으면 그런 실수를 잡아내기 쉽지 않다. 물론 사진 리스트를 작성하고, 교정볼 때마다 대조하는 것이 가정 안전하고 확실하다. 하지만 시간에 쫓기는 마감 기간이 되면, 정작 사진 리스트를 만들어 놓고도 제대로 활용하지 못하는 경우도 흔하다.

그렇다면 잡지에 들어갈 그 수많은 사진을 어떻게 다 외운단 말인가? 만약 잡지에 들어갈 사진이 150장이라면, 이를 모두 외우는 일은 쉽지 않다. 하지만 10명의 사진가마다 15장씩이라면 이야기가 조금 달라진다. 15장 단위로 10개의 묶음을 외우는 일은 150장을 하나씩 모두 외우는 것보다는 수월하다. 게다가 그 15장이 만약 내게 시각적으로 확실한 인상을 주는 이미지로 한 장 한 장 골랐던 묶음이라면 외우기는 훨씬 더 쉽다. 이렇게 사진을 고르는 과정에 충분한 시간을 투자하면 사진을 외우는 시간이 줄어들 뿐만 아니라 마감 기간 동안 사진 편집에 드는 시간도 절약된다. 만약 사진이 잘 외워지지 않는다면, 둘 중의 하나를 의심해 봐도 좋을 것이다. 이전 단계에서 내게 인상적인 사진을 잘 고르지 못했거나 혹은 내가 다루기에는 좀처럼 익숙해지지 않을 종류의 사진이거나. 그 어느 쪽이든 편집자로서 사진을 다루기에 적합한 상태는 아니라는 사실을 인지해야 한다. 꼭 외우는 방식이 아니라도 편집자로서 이 사진을 다룰 만한 준비가 되었는지 가늠하는 나름의 기준을 마련할 필요가 있다. 만약 준비가 덜 된 상태라면 사진을 잘 보이는 데 붙여 수시로 보거나 사진가와 만나 사진에 대한 정보를 얻는다. 또한 사진 속 상황이나 시대에 관해서 잘 아는 사람을 만나 이야기를 들어 보는 등 사진과 친해지는 다양한 방법을 시도하는 것이 좋다.

사진을 잘 고르고, 그 사진을 잘 외우는 일이 편집자의 머릿속에서 이뤄진다면 사진을 지면에 실제로 배치하는 일부터는 디자이너와의 협업을 통해서만 가능하다. 앞서 언급했듯이 머릿속에서 구상한 사진의 조합이나 배치가 그대로 맞아떨어지는 경우는 드물기 때문에 사진 판면을 수정하고 조정하는 과정을 거칠 수밖에 없다. 여기서 중요한 일은 디자이너와 함께 무언가 이상한 점을 계속 발견하고, 이를 함께 해결하는 것이다. "이 사진과 저 사진이 연결되면 어색하지 않아요?" "이 사진이 저 사진보다 커야 하지 않을까요?" "그 사진에는 여백이 꼭 필요할까요?" "사진 주변에 배경색을 깔면 이상할까요?" 편집자와 디자이너는 서로 의견을 주고받으면서 시각적인 공감대를 형성하고, 이를 바탕으로 어색하거나 이상한 부분이 없어질 때까지 판면을 다듬는다. 이 과정에서 아무래도 편집자는 잡지의 전체 기획 의도나 사진가를 섭외하고 사진을 고르는 과정에서 확보한 정보를 바탕으로 판단하고, 디자이너는 다분히 잡지 전체의 시각적인 일관성과 지면에서의 시각적 효과를 바탕으로 판단하기 때문에 서로 생각의 방향이나 지향점이 다를 수밖에 없다. 여기서 관건은 편집자와 디자이너 누가 더 정답을 제시하느냐보다는 서로 오답을 낼 수밖에 없는 상황에서 얼마나 빨리 실수를 인정하느냐에 달려 있다. 간혹 편집자와 디자이너가 합을 맞춘 지가 얼마 되지 않아 서로 보이지 않는 기싸움을 할 때 실수한 것을 알면서도 의견을 꺾고 싶지 않아 결과물이 엉망이 되기도 한다. 하지만 편집자와 디자이너의 협업에서 핵심은 누구의 의견이 맞고 틀렸는지가 아니라 편집 결과물이 보기에 좋으냐 아니냐이다. 아무리 훌륭한 아이디어나 옳은 의견이라도 편집에 실제로 효과적으로 적용되지 않으면 실수나 다름없다. 이럴 때 편집자든 디자이너든 얼른 실수를 인정하고 빨리 다음 단계로 넘어가 수정 방법을 함께 고민하는 것이 좋다. 편집자와 디자이너가 서로 눈치 보지 않고 실수를 인정하는 사이라면 최상의 협업 관계, 서로 눈치 보며 자존심 때문에 미안하다고 말하지 않는 사이라면 최악의 협업 관계라고 (경험적으로) 생각한다.

편집자가 머릿속에서 그야말로 완벽한 계획이라고 생각할수록 스스로 허점을 발견하긴 어렵다. 그 허점을 가장 먼저 확실하게 간파하는 이가 바로 디자이너다. 디자이너는 개념에 형상을 부여하며 보이지 않는 것을 가시화하고, 판면을 구성해 조판을 짜면서 허점을 감각적으로 실감한다. 그러니 편집자는 언제나 디자이너의 의중을 살피고, 수시로 어딘가 이상한 점이 없는지 의견을 물어야 한다. 무엇보다 "편집자는 마감 시간 두 시간 전에 완성된 원고와 그림 뭉치를 디자이너에게 들고 가서 '이것을 세 페이지로 만들어 주시오, 깨끗하게!'라고 외쳐서는 안 된다."◎

◎　잰 화이트, 『편집 디자인』, 안상수·정병규 옮김, 안그라픽스, 2013, 15쪽.

사진의 순서를 정하자

잡지든 단행본이든 출판물에서 이미지는 일반적으로 독서의 효율을 높이고 독자에게 편의를 제공하려는 목적으로 대개 텍스트에 맞게 배치된다. 텍스트에 언급되는 순서대로 이미지를 나열하고, 그 위치는 최대한 해당 이미지를 언급하는 텍스트와 가까워야 좋다고 여긴다. 독자가 텍스트를 읽으며 해당 부분과 관련된 이미지를 바로 볼 수 있다면 내용을 이해하는 데 수월하기 때문이다.

이러한 방식은 장점이 많긴 하지만, 단점이 없는 것은 아니다. 우선 책 전체적으로 이미지 배치 방식에서 시각적인 일관성을 얻기 어렵다. 텍스트와의 연결성이 우선시되기 때문에 이미지는 텍스트 사이에 중구난방으로 끼어드는 모양새가 된다. 텍스트 사이에 끼워 넣어야 하므로 이미지의 크기도 일정하게 맞추기 어렵다. 여기서 편집자와 디자이너와의 갈등이 생겨나기도 한다. 내용 중심으로 판단하는 편집자는 보통 텍스트의 흐름에 맞게 순서대로 이미지가 등장하길 바라며, 지면에서 텍스트와 이미지가 바로바로 연결되지 않으면 답답함을 느낀다. 이와 달리 시각적인 일관성 중심으로 판단하는 디자이너는 이미지의 위치가 책 안에서 일정한 패턴을 이루기를, 크기 또한 지면에서 그리드에 맞춰 일정하기를 바란다. 가령 이미지를 일관된 크기로 좌수에만 상단부터 채운다거나, 아니면 이미지는 글 시작이나 끝 혹은 중간에만 삽입한다는 식으로 시각적인 규칙을 설계한다. 이런 규칙을 지키려면 당연하게도 텍스트와 최단 거리에 이미지를 배치하는 것은 불가능하다. 이렇게 되면 편집자로서는 텍스트와 따로 노는 것 같은 이미지의 배치가 괴로워 수정을 요구할 수밖에 없고, 그 수정을 받아들이면 시각적인 규칙성을 깨뜨려야 하므로 디자이너로서도 괴로울 수밖에 없다. 그렇다면 어떻게 하면 좋을까?

결론부터 말하자면 정답은 없다. 어느 쪽이 옳다 그르다 판단할 수 없는 문제이기 때문이다. 무엇보다 독서는 글을 읽고 내용을 이해하는 행위일 뿐만 아니라 지면에 배치된 텍스트와 이미지 등의 정보를 시각적으로 수용하는 과정이기 때문에 편집자와 디자이너의 두 관점 중에 어느 하나를 깨끗하게 포기할 수 없다. 책의 성격에 따라 어느 한쪽에 무게 중심을 둬야 하는 경우도 있고, 두 관점을 적절하게 섞어야 하는 경우도 있다. 그렇기 때문에 편집자와 디자이너는 각자의 관점을 중요시할 수는 있겠지만, 자신의 관점만 옳다는 식의 태도는 바람직하지 않다. 하나의 관점만 고수하면 협업 과정에서 갈등이 자주 생길 수밖에 없고, 또 책의 성격에 맞는 결과물을 얻기도 어렵다. 편집자라면 작업하면서 텍스트와 이미지를 최단 거리로 배치하는 것인 언제나 좋을지 의식적으로 자문해야 한다. 텍스트 사이사이에 불규칙하게 끼워 넣은 이미지가 오히려 독서의 흐름을 깨고 내용에 집중하는 데 방해가 될 수도 있기 때문이다. 마찬가지로 디자이너라면 무조건 시각적인 일관성과 규칙성을 지켜야만 하는지 근본적으로 고민해야 한다. 자칫 편집 디자인의 시각적 설계가 규칙을 위한 규칙이자 형식을 위한 형식이 된다면 과연 독서 행위와 독자에게 얼마나 유효할지 의심스럽기 때문이다.

사진 잡지를 만들면서 처음 품게 된 문제의식 중의 하나이자 지금도 계속 고민하는 부분은 '이미지 중심의 편집'이다. 사진 잡지를 포함해 시각예술을 다루는 잡지들은 대부분 창작자들의 시각 작품을 소개하고, 이에 따라 많은 수의 이미지를 수록한다. 하지만 그 이미지를 다루는 방식은 다분히 **'텍스트 중심의 편집'**에 가까운 경우가 많다. 기자가 취재해 쓴 기사나 작가 인터뷰 등의 텍스트를 중심으로 꼭지가 구성되고, 그 내용에 맞춰서 이미지가 삽입되는 식이다. 그런 방식을 보면서 창작자가 만든 이미지 작업을 주요하게 다루고, 그 이미지를 기반으로 텍스트가 생성되는 사진 잡지인데도 왜 텍스트를 먼저 고려하는지 차츰 의문이 들었다. 그 문제의식은 텍스트와 별개로, 텍스트에 종속되지 않고, 사진 작업의 이미지들을 독자에게 시각적으로 또 효과적으로 전달하려면 어떻게 해야 하는지에 관한 고민으로 연결되었다.

'이미지 중심의 편집'을 위해 내가 시도한 방식은 다음과 같다. 한 사진가의 작업을 소개하는 10페이지짜리 기사를 구성한다고 해 보자. 그러면 텍스트와 별개로 이미지의 나열과 배치만으로도 10페이지가 자연스럽게 연결되는 형태와 편집을 구상한다. 해당 사진 작업이 시각적으로 전달되기에 충분한 사진의 개수·사진의 크기·텍스트의 위치를 고려하는 것이다. 이를 기준으로 이미지를 더 보여 줘야 전달력이 있으리라 판단되면 페이지를 늘리기도 하고,

디테일이 풍부한 이미지라 최대한 크게 보여 줘야 한다면 최대한 텍스트를 배제하기도 한다. 또 텍스트를 먼저 봤을 때 이미지 해석을 제한할 가능성이 높다면 텍스트의 위치를 맨 뒤로 빼기도 한다. 이렇게 지면에서 텍스트보다 이미지의 흐름과 배치를 먼저 고려하고, 이를 편집의 기준점으로 삼았다.

이와 달리 텍스트를 기준으로 이미지를 편집하면 앞서 말한 것처럼 내용에 맞는 이미지를 고르고 이야기의 흐름에 맞춰 순서까지 정하게 된다. 물론 대다수가 '텍스트·내용 중심'의 독서에 익숙하기에 이 방식이 무난하긴 하지만, 사진 잡지처럼 이미지 중심의 콘텐츠라면 한계가 드러날 수밖에 없다. 무엇보다 이미지 자체의 시각적인 매력이나 감각적인 설득력이 간과될 가능성이 높다. 또한 내용을 알고 보면 이미지의 조합이 어색하지 않을 수도 있지만, 텍스트를 읽지 않은 상태에서 보면 이미지의 시각적인 흐름이 덜거덕거릴 수도 있다. 만약 내용 중심으로 사진의 순서를 고려하면, 많은 경우 사진가가 작업한 시간과 공간에 따라 연대기 순이 되거나 이동 경로 순이 되기 십상이다. 우리가 구사하는 언어와 기승전결의 이야기 구조가 대개 선후 관계나 인과관계에 따라 선형적으로 재편되기 때문이다.

하지만 이러한 논리적인 연관성이 반드시 시각적인 설득력까지 담보하지는 않는다.

여러 장의 사진이 한 꼭지 안에 나열되거나 한 지면에 배치된다면 이미지 사이의 논리적인 관계보다 얼마나 보기 좋은 이미지가 자연스럽게 연결되고 조화를 이루는지에 따라 독자에게 설득력을 발휘할 수 있다. 그렇다면 최대한 독자가 매력적으로 느낄 만한 이미지를 고르고, 이 안에서 어떻게 시각적인 흐름을 만들 것인지가 관건이 된다. 예를 들어, 어두운 사진에서 점점 밝아졌다가 다시 어두운 사진으로 흐름을 만들고 밝기에 따라 사진 순서를 정한다. 아니면 작은 사물부터 점점 큰 사물, 다시 작은 사물처럼 크기의 변화로 흐름을 만들 수도 있다. 또 전반부는 사람이 없거나 얼굴이 보이지 않는 사진 위주로 가다가 후반부터는 점점 사람이 늘어나고, 얼굴이 보이는 식으로 어떤 흐름을 구상할 수도 있다. 아니면 좌수에는 공간이나 풍경 우수에는 초상 또는 좌수에는 부드러운 사물, 우수에는 단단한 사물처럼 서로 시각적인 성질이 다른 이미지를 의도적으로 대비할 수도 있다. 이처럼 최대한 색이나 형태·밝기·질감 등 시각적인 요소에 집중해 지면이 서로 연결되거나 대조되는 방식으로 사진의 흐름과 순서를 상상한다면 더 다양한 편집의 가능성을 엿볼 수 있을 것이다.

여기서 또 다른 한편으로 중요하게 고민할 문제 하나는 가장 중요한 이미지를 과연 어디에서 보여 줄까 하는 것이다. 맨 앞에서 보여 준다면 독자의 주의를 끌고 시선을 집중시킬 수 있을 것이다. 반대로 맨 마지막에 보여 준다면 여운을 남기거나 반전을 활용할 수 있을 것이다. 각각 장단점이 있으므로 사진 작업의 특성에 따라 또 편집 의도에 맞춰 적절하게 선택하면 된다. 다만 잊지 말아야 할 점은 중간에 메인 이미지의 위치를 바꾸고 싶다면 시각적인 흐름도 전체적으로 다시 조정해야 한다는 것이다. 색·형태·크기 등 시각적인 요소의 연결과 대비를 바탕으로 만든 흐름은 연쇄적이기 때문에 어느 한 지점만 달라져도 어긋나게 될 가능성이 높다. 그래서 이미지를 교체할 때도 흐름을 유지하려면 기존의 이미지와 새로운 이미지 사이에 유사성이 있어야 한다. 어두운 이미지가 자리해야 하는 위치라면 비슷한 밝기의 이미지로 바꾸는 식이다.

사진의 순서를 정하는 과정 또한 시행착오 없이 단번에 원하는 대로 결정되는 경우는 드물다. 10장의 사진을 10페이지에 나열하고, 각 페이지마다 사진을 조합하는 경우의 수는 무한하다. 그래서 사진들을 종이에 프린트해 책상에 펼쳐 놓은 다음에 전체적으로 원하는 결과물이 나올 때까지 이리저리 옮기고 순서를 달리하는 연습이 필요하다. 이러한 과정이 몸에 어느 정도 익고 나면, 꼭 종이로 프린트하는 방식이 아니어도 모니터에서 사진 파일에 넘버링을 달리하면서 적절한 배열과 조합을 찾을 수 있게 될 것이다.

사진의 크기·위치·여백을 고민하자

마음에 드는 사진을 골랐고, 그 순서도 적절하게 정했다면, 이제 지면에서 사진을 어떻게 보여 줄지 구체적으로 고민할 차례다. 이때 가장 중요하게 고려할 요소로 사진의 크기·위치·여백을 꼽을 수 있다. 사진을 크게 보여 줄 것인지, 작게 보여 줄 것인지. 사진의 위치는 지면 상단과 하단 중 어디가 어울릴지. 사진 상하좌우에 여백을 넓게 줄 것인지, 좁게 줄 것인지. 똑같은 사진이라도 크기·위치·여백에 따라 지면에서 다르게 보인다. 물론, 편집 디자인 툴로 사진의 크기·위치·여백을 조정하는 일은 전적으로 디자이너의 영역이다. 하지만 편집 디자인 작업을 실행하기 전에 편집자와 디자이너는 이번 출판물에서 전반적으로 크기·위치·여백을 어떻게 다룰지 의견을 나누고 방향성을 정할 필요가 있다.

만약 전체적으로 차분하고 정갈한 느낌이 어울릴 것 같다면 가급적 사진의 크기·위치·여백을 동일하게 고정하는 편이 좋다. 가령 사진가의 단독 사진집에서는 극단적으로 사진의 크기·위치·여백을 모두 동일하게 편집하는 방식을 자주 구사한다. 첫 페이지부터 마지막 페이지까지 좌수는 비우고, 우수에는 똑같은 크기·위치·여백으로 사진을 배치하는 식이다. 여기에 사진 작업이 모두 동일한 비율이거나 모두 한 방향의 프레임이라면 전체적인 레이아웃에서 통일감은 배가된다. 이러한 사진 편집은 미술관이나 갤러리에서 동일한 크기와 높이·간격으로 설치된 사진 작품을 감상하는 방식과 유사하다. 책이나 전시장에서는 독자와 관객들이 사진 한 점 한 점에 최대한 집중할 수 있도록, 또는 한 작품을 감상할 때 다른 작품이 간섭하지 않도록 유도하는 방식이다. 이렇게 동일한 폼을 반복하면 독자는 어느 순간부터 폼 자체를 의식하지 않고 사진에만 집중할 수 있게 된다. 이와 달리 레이아웃이 다양해 폼이 계속 바뀌면, 독자는 사진이나 글(내용)에 집중하기에 앞서 폼의 변화(형식)를 의식하게 된다. 물론 출판물에서 내용(글과 사진)과 형식(조판과 디자인)을 이분법적으로 따로 생각하거나 뚜렷하게 구분할 수는 없지만, 독자가 최대한 내용에 집중하기를 바란다면 형식에서 일관성을 유지하는 편이 대체로 유리할 것이다.

　이러한 맥락에서 예전에 편집했던 사진집 『함께한 계절』에서는 디자이너와 함께 형식적인 요소가 가장 드러나지 않는 방식을 고민했다. 책에 담길 내용은 알츠하이머 치매 진단을 받은 아버지를 바라보고 기록한 사진과 글이었다. 점점 기억을 잃어 가는 아버지와 그를 기억하고 싶은 아들, 두 사람의 이야기를 책으로 전할 때 디자인적인 요소는 최대한 차분하게 뒤로 물러나는 것이 적절하다고 생각했고, 이러한 판단을 바탕으로 디자이너와 함께 레이아웃 규칙을 세웠다 ①좌수에는 똑같은 위치에 글, 우수에는 똑같은 크기·위치·여백으로 세로 사진 배치. ②글은 인물 사진 옆의 좌수에만, 풍경 사진 옆의 좌수는 여백으로 남김. ③사진 배치 순서는 계절감: 초여름부터 시작해 봄으로 끝남. ④계절이 바뀌는 사이에는 글도 사진도 없는 펼침면 삽입. 이러한 규칙을 반복해 독자가 일정한 리듬감으로 사진과 글을 따라갈 수 있도록 했다. 그런데 이를 위해서는 먼저 사진가에게 사진을 잘라 사용해도 되는지 동의를 얻어야 했다. 사진이 모두 세로 프레임으로 촬영되지 않았기에 가로 프레임 사진은 좌우 상당 부분을 잘라야만 했기 때문이다. 이는 사진가로서는 대개 받아들이기 쉬운 내용이 아니다. 하지만 사진가 또한 일관된 형식을 유지하려는 편집 의도에 동의하면서 구상했던 레이아웃 규칙을 사진집에 적용할 수 있었다.

이와 반대로 사진의 크기·위치·여백을 고정하지 않고 계속 변화를 주는 방식도 가능하다. 형식의 일관성이나 통일성은 독자에게 안정감을 주지만, 그만큼 단조로움이나 지루함으로 다가올 수도 있다. 독자의 주의를 환기하고 새로운 긴장감을 줄 필요가 있다면 반복된 형식을 탈피하고 적절한 변화를 고민해야 한다. 이럴 때도 사진 편집에서 가장 고려할 요소는 역시 사진의 크기·위치·여백이다. 이강혁의 사진집 『Snakepool : Down the Rabbit Hole』은 모든 페이지마다 사진의 크기·위치·여백을 변주했다. 게다가 사진을 보는 데 방해가 될 수도 있는 채도 높은 색면까지 적극적으로 활용했다. 그 결과로 사진은 지면에 얌전하게 정착하기보다 마치 화려한 빛을 내는 스크린에 부유하는 이미지처럼 보였다. 이러한 사진 편집 방식은 일반적인 사진집에서는 보기 드물지만, 주로 서브컬처와 마이너리티를 다루는 사진가의 작업과 잘 어울리는 방식이었다. 이는 기존의 일반적인 사진집 형태로는 제대로 표현할 수 없는 새로운 세대와 감각을 보여 주려는 의도를 가시화한 것으로 해석된다.

사진의 크기·위치·여백을 고정해 반복한 『함께한 계절』과 세 요소를 계속 변주한 『Snakepool : Down the Rabbit Hole』을 비교해 보면, 서로 조금 극단적인 사례이긴 하지만 편집 방식의 차이와 그 효과를 대비해 볼 수 있다. 그렇다면 사진 잡지에서는 어느 방식이 더 적합할까? 굳이 따지자면 후자에 가깝다. 여러 사진가들이 참여하고, 각각 성격과 형식이 다양한 사진 작업이 수록되는 사진 잡지에서는 레이아웃이나 디자인적인 형식을 일관되게 통일하는 방식이 잘 적용되지 않는다. 또한 독자가 생각하는 잡지는 내용적인 면이든 형식적인 면이든 단행본보다 자유롭다. 『Snakepool : Down the Rabbit Hole』을 본 일부 독자가 '잡지 같다'고 반응하는 이유도 같은 맥락에서 비롯된다고 유추할 수 있다. 또한 서로 다른 내용을 다루는 꼭지들이 여러 개 모인 잡지는 꼭지가 시작되거나 끝날 때마다 독자의 주의를 환기해야 한다. 따라서 꼭지별로 구별되는 레이아웃과 차별화된 디자인적인 요소를 적용한다.

하지만 최근의 잡지들이 점점 '원테마 큐레이션 매거

진'으로 변화하고, 특정 영역의 내용을 전문적으로 다루면서 잡지 한 권을 관통하는 시각적인 일관성을 가시화하는 디자인이 중요해지고 있다. 사진 잡지라면 꼭지마다 규격이 다른 사진 작업을 다루기 때문에 다양한 레이아웃을 적용하면서도 도비라 페이지만큼은 일관된 형식을 부여해 잡지 한 권 안에서 하나의 주제로 연결될 수 있도록 구상한다. 또한 사진의 크기·위치·여백도 일정한 가이드라인하에서 최소한의 일관성이 확보될 수 있도록 변주한다. 가령 사진의 크기를 대·중·소로 정하고 일정한 규격을 부여하는 식이다. 사진의 위치를 정할 때도 잡지의 전반부는 지면 상단을 기준으로, 후반부는 지면 하단을 기준으로 배치할 수 있다. 또 인물 사진은 상단, 풍경 사진은 하단, 이런 식으로 일정한 규칙과 변주를 적용할 수도 있다. 사진의 여백도 마찬가지로 좌수에는 상하좌우 여백을 넓게 주고, 우수에는 여백 없이 꽉 차게 배치하는 방식으로 구상할 수 있다. 여기서 잊지 말아야 할 사실은 사진의 크기·위치·여백을 조합하거나 변주할 수 있는 경우의 수는 다양하며 특별한 정답은 없다는 점이다. 이 과정 역시 앞서 계속 반복해서 강조했던 바와 마찬가지로 여러 시도와 시행착오를 실행하지 않고서는 최적의 방식을 찾기 어렵다.

ISBN·ISSN을 신청하자

아침에 일어나서 가장 먼저 하는 일은? 일거수일투족이 궁금한 아이돌에게 할 법한 질문을 살짝 바꿔 잡지 편집자에게도 해 보자. 책상에 앉아서 가장 먼저 하는 일은? 무엇보다 일정 체크! 탁상용 달력에 주요 일정과 놓치면 안 되는 과업 등을 표시한다.

　먼저, 가장 중요한 '출간 예정일'을 표시하고, 그다음에는 출간일보다 일주일 정도 앞선 날짜에 '최종 마감일'(데이터 업로드)을 표시한다. 인쇄·건조·접지·제본·코팅·후가공 등의 공정을 거치는 제작 일정은 일주일 정도로 잡는 것이 좋다. 하지만 제작 일정을 타이트하게 잡으면 돌발 상황이 생겼을 때 대처하기 어렵고, 마음이 급해져 실수나 사고가 발생할 가능성도 커진다. 최소 일주일 이상 여유 있게 제작 일정을 잡아야 최종 마감이 하루 이틀 정도 늦어져도 차질 없이 출간일을 맞출 수 있다. 한편 다이어리와 달력을 만들기 시작하는 10~12월, 선거철 인쇄홍보물을 만드는 시즌, 명절이나 여름휴가 등의 연휴 전 1~2주는 작업 물량이 넘치는 시기이니 평소보다 서둘러서 인쇄소와 접촉해야 한다.

그다음으로 '최종 마감일'보다 일주일 정도 앞선 날짜에 '광고 마감일'과 'ISBN 신청일'을 표시한다. 광고주가 보내온 광고 시안을 잡지에 수록하거나 인쇄하는 데 문제가 없는지 확인하고, 만약 문제가 있으면 시안을 다시 받아야 하므로 일주일 정도의 여유가 필요하다. 물론 광고 시안을 수정하는 데에는 하루도 걸리지 않지만, 그렇다고 광고 마감일의 말미를 최종 마감일보다 하루 이틀 정도로 받게 잡아놓으면 때로 잡지 편집이 모두 끝났는데도, 광고 시안을 기다리느라 마감을 하지 못하는 경우도 생긴다(광고주에게 광고 시안 수정본을 빨리 달라고 독촉하기는 갑을 관계상 현실적으로 꽤 어렵다).

ISBN도 신청◎하면 2~3일이면 발급되지만, 가끔 반려되는 경우도 있기 때문에 일주일 정도 여유 있게 처리하는 것이 좋다. 2~3일이면 충분하리라 철썩같이 믿었다가 반려되어 2~3일 더 소요되면, ISBN 때문에 인쇄 일정을

◎　ISBN 신청 및 방법 등은 한국서지표준센터 웹페이지(https://www.nl.go.kr/seoji/)에서 확인할 수 있다.

다시 잡아야 하는 불상사가 생길 수도 있다. 부끄러운 고백이지만 한창 마감 중에 디자이너와 표지 시안을 의논하다가 그제야 ISBN 발급받는 것을 깜빡했다는 사실을 깨닫고 부랴부랴 신청해 간신히 일정을 맞춘 적도 있다. 하루 이틀이 아쉬운 상황에서 밤샘까지 하며 마감일에 간신히 맞췄는데, ISBN을 미리 신청하지 못해서 전체 일정이 틀어지면 그만큼 뼈아픈 실책도 없을 것이다. 그러니 '최종 마감일'만큼이나 'ISBN 신청일'을 달력에서 잘 보이게 표시해야 한다.

ISBN(International Standard Book Number, 국제 표준 도서 번호)이란, 각각의 도서에 세계 공통의 고유 번호를 부여하여 보다 간편하게 전 세계에 유통되고 있는 출판물을 식별할 수 있도록 만든 단품 번호(서명·판차별로 세계 유일의 번호)로, 이를 책에 인쇄·표시함으로써 출판 유통의 정보화를 이룰 수 있는 국제적 코드 시스템이다.◎ 쉽게 말하면 ISBN은 자동차 번호판에 비유할 수 있겠다. 자동차 번호판을 조회하면 해당 차량과 운전자 정보를 알 수 있듯이 책에 표기된 ISBN 번호와 바코드를 통해 해당 출판물과 출판사의 정보를 파악할 수 있다. 출판물을 체계적으로 유통·판매·보관하려면 ISBN을 발급받아야 한다. 온

◎   열린책들 편집부, 『열린책들 편집 매뉴얼 2020』, 2020, 372쪽.

오프라인 서점과 도서관·도서 물류 창고 등 출판물을 취급하는 모든 업체와 기관이 ISBN을 기준으로 삼기 때문이다. 물론 ISBN을 발급받지 않은 채로 독립 서점에서 소량으로 판매되는 소규모 출판물도 있긴 하지만, ISBN 없는 출판물이 출판 생태계에서 유통하거나 확산하는 데는 제약이 따른다. ISBN을 신청하려면 한국서지표준센터에서 발행자 번호를 발급받아야 하고, 발행자 번호를 받으려면 출판사신고확인증◎이 있어야 한다.

ISBN이 단행본 위주의 출판물에 부여하는 번호판이라면, 잡지처럼 연속적으로 발행되는 정기 간행물은 ISSN(International Standard Serial Number)이라는 고유번호를 발급받아야 한다. 책은 ISBN, 잡지는 ISSN이 원칙이긴 하지만, 『악스트』◉나 『릿터』◍, 『보스토크 매거진』 같은 몇몇 잡지들은 ISBN과 ISSN 둘 다 발급받아 잡지에 모두 표기하기도 한다. 『보스토크 매거진』의 경우 처음에는 ISBN만 발급받았는데, 이는 ISSN의 장단점과 서로 비교해 선택한 것이었다. ISSN의 최대 장점은 서점이나 도서관 등에 한 번이라도 입고되면 이후로는 자동으로 등록되어 입고된다는 것이다. 이는 일정한 기간을 두고 연속적으로 발행되는 잡지의 생애주기와 딱 맞아떨어지는 셈이

◎   출판사 신고는 문화체육관광부 홈페이지에서 '출판사 및
인쇄사 신고 업무 처리 매뉴얼'을 참고하기 바란다.
◉   은행나무출판사에서 발행하는 격월간 소설 잡지.
◍   민음사에서 발행하는 격월간 문학 잡지.

다. 하지만 단점은 ISSN을 발급받은 잡지는 신간이 나오면 서점은 과월호를 모두 반품하고 더 이상 진열하거나 판매하지 않는다. 이 또한 이번 호를 빼고는 모두 과월호가 되는 잡지의 슬픈 생애주기와 딱 맞는 셈이다.

하지만 출간 시기별로 구분되는 잡지의 숙명에서 벗어나 특집 주제별로 구성되는『보스토크 매거진』은 과월호 개념 없이 발행 주기보다 오래 유통되어야 하므로 ISBN을 선택했다. ISBN을 발급받은 도서는 ISSN을 발급받은 잡지보다 서점에서 더 오래 유통된다. 하지만 이로써 ISSN의 또 다른 장점을 포기해야 했다. ISBN을 받은 도서는 도서정가제가 적용되기 때문에 할인율을 정가 대비 10퍼센트 이하로 적용해야 하지만 ISSN을 받은 잡지는 도서정가제와 상관없이 할인율을 더 높게 적용할 수 있다. 일반적인 잡지의 유통 방식은 정기 구독자 중심으로, 서점에서는 신간 위주로 짧고 빠르게, 과월호는 할인율을 높게 매겨 공격적으로 판매하는 것이다. 하지만 한 호에서 하나의 주제를 다루는『보스토크 매거진』은 단행본에 가까운 성격이기에 짧은 호흡으로 유통되거나 과월호라 할인을 많이 하는 방식은 적합하지 않다고 판단했다. 그래서 잡지임에도 불구하고 ISBN을 발급받아 서점에서 과월호도 모두 진열되고 판매될 수 있었다.

그런데 『보스토크 매거진』을 10호쯤 냈을 때 한국서지표준센터에서 왜 정기간행물인데 왜 ISBN을 발급받느냐면서 ISSN을 발급받으라는 권고 내용을 담은 메일을 보냈다. 그럼에도 불구하고 과월호 유통을 포기할 수 없었기에 찾아낸 방법은 ISBN과 ISSN을 동시에 발급받아 표기하는 것이었다. 『악스트』와 『릿터』도 마찬가지로 처음에는 ISBN을 발급받았다가 나중에 ISSN도 함께 발급받았다. 하지만 ISBN과 ISSN을 동시에 발급받았다고 해서 양쪽의 장점을 모두 활용할 수 있는 것은 아니다. 가령 ISSN이 있으니 도서정가제의 적용을 피할 수 있는가? 그렇지 않다. ISBN도 있기 때문에 피할 수 없다. 만약 10퍼센트 이상의 할인을 해서 잡지를 판매하고 싶다면 ISBN을 폐기해야만 한다. 결국 ISBN과 ISSN을 동시에 발급받는 경우는 ISSN을 받아야 하는 잡지를 ISBN을 달고 유통하려는 의도라고 볼 수 있다.

이처럼 ISBN과 ISSN을 선택할 때도 각각의 장단점을 비교해서 어느 쪽이 내가 원하는 잡지의 유통 방식과 전략에 부합하는지 고민해야 한다. 잡지의 유통 방식은 대개 배본사를 통한다. 배본사는 계약을 맺은 잡지를 최대한 많은 서점에 배포하고, 그 판매 수익의 일부를 가져간다. 주요 패션지처럼 메이저 잡지들이 전국 서점 곳곳에 배포될 수 있는 이유는 배본사를 통한 유통 구조 덕분이다. 하지만 이런 구조에서 적은 부수를 찍는 소규모 잡지들은 수익이 전혀 나지 않을 수도 있다. 배본사에서는 배포 가능한 최소 부수를 제시하고, 이 중에서 일정 부수 이상이 판매됐을 때 정산해 주기 때문이다. 가령 작은 잡지사가 배본사를 통해 500부를 전국 서점에 배포하고, 모두 팔렸다고 해 보자. 이럴 때 잡지사는 대략 200~250부 정도에 해당되는 판매 수익만 정산받는다. 나머지는 배본사가 배본하는 데 소요된 경비(배송료·인건비·수익 등)로 가져간다. 이러한 유통 구조는 결국 대량생산·대량판매가 가능한 잡지에만 유효하다. 만약에 500부에서 200부 정도만 판매된다면 그 수익은 모두 배본사가 가져가고 잡지사가 정산받는 금액은 없기 때문이다. 『보스토크 매거진』의 경우 창간을 준비하면서, ISSN을 받아 배본사 등 기존의 잡지 유통 방식을 통한다면 버티기 힘들 거라고 판단해 ISBN을 발급받고 직거래 방식을 택했다. 이 또한 무엇이 원칙이나 정답인가 하는 문제라기보다는 다분히 나의 잡지에 적합한 방식을 찾는 선택의 문제이다.

광고 마감일과 광고 지면 편집권

잡지에 실리는 지면 광고는 내용적으로나 시각적으로 해당 잡지와 잘 어울리는 경우가 많다. 혹시 편집부에서 지면 광고의 톤앤드매너를 조정하는 것은 아닐까? 결론부터 말하면 그렇지는 않다. 다만, 패션 잡지에는 주로 패션 브랜드 광고가 실리고, 자동차 잡지에는 자동차 광고가 실리고, 문학잡지에는 책 광고가 실리는 등 보통 잡지와 광고의 분야가 겹치기 때문에 서로 잘 어울리게 보일 수 있다. 기본적으로 잡지사는 광고 지면의 편집권을 가질 수 없다. 광고주는 잡지사와 계약을 맺고 잡지의 지면 중 일부를 광고 지면으로 구입하는 것이기 때문에 해당 지면에 관한 권리는 광고주에게 있다. 계약(게재 기간과 위치 등)에 맞춰 광고를 수록해야 하는 편집부는 광고주에게 지면 광고 규격(판형·파일 포맷·마감일)을 안내하고, 광고주는 규격에 맞게 광고 시안을 제공한다. 편집부는 사이즈 조정을 제외하고는 최대한 원본 파일 그대로의 광고를 잡지에 수록하고, 광고주는 자신이 제공한 시안이 그대로 계약에 맞게 수록되었는지 확인한다. 이러한 과정에서 제공받은 광고 파일이 열리지 않거나 서체가 깨지는 등 치명적인 오류가 있을 경우에는 광고주에게 파일 수정과 재전송을 요청해야 한다. 편집부에서 광고 파일을 바로 수정하거나 직접 문제를 해결하지 않기 때문에 소요되는 시간을 특정하기 어렵다. 만약 광고주 또한 광고 시안을 자체적으로 만들지 않고 외부 디자이너에게 의뢰했다면 소요 시간은 더욱 미지수가 된다. 이러한 점을 감안해서 광고 마감일은 가능한 여유 있게 잡는 것이 바람직하다.

차례와 배열을 수정하자

만약 '최종 마감일'이 오늘인 줄 알고 모든 편집을 마쳤는데, 오늘이 아니라 내일이라면 무엇을 할까? 아마도 편집자라면 대부분 본문 처음부터 끝까지 텍스트를 교정하면서 시간을 보낼 것이 뻔하다. 특히 이름과 지명·작품명 등 고유명사를 중점적으로 다시 한번 살펴볼 텐데, 본문이 편집된 파일에서 검색 기능을 활용해 철자나 표기 등의 문제는 없는지 확인할 것이다. 이를 위해서는 원고를 처음 살피거나 1차 교정지가 나왔을 때 고유명사만 따로 문서로 리스트업을 하는 편이 좋다. 나중에 책이 나왔을 때 중요한 고유명사에서 오타가 나거나 표기가 일정하지 않으면, 편집자로서 그보다 부끄러운 일이 없기 때문이다.

그래서일까? 편집자들은 마지막까지도 오타를 찾으려고 하고, 때로는 인쇄소에 데이터를 보낸 상태에서도 인쇄용 파일을 열어 교정을 보기도 한다. 그런가 하면 이제 갓 세상에 나온 책을 들고서도 편집자는 먼저 오타가 없는지부터 확인하고, '오타가 있더라, 없더라'라는 말 한마디에 일희일비하게 된다. 이러한 모습은 직업적으로 또 전문적으로 글을 대해야 하고, 누구보다 글을 바르고 정확하게 다뤄야 하는 편집자이기에 당연하고도 어쩔 수 없는 일이다. 하지만 가끔은 문득 오타에만 집착하는 그 익숙한 모습이 조금 의아할 때가 있다. 그동안 머리를 싸매면서 주제를 정하고 그에 맞게 섭외와 청탁을 하려고 애썼는데, 그렇게 해서 책 한 권이 나왔는데, 왜 한낱 오타에만 혈안이 될까 싶어서이다.

　　물론 오타가 나오지 않을 정도로 꼼꼼하게 글을 살피는 과정이 중요하지 않다는 이야기는 아니다. 다만 어떤 목적을 세운 책 한 권이 세상에 나왔다면, 무엇보다 책이 전체적으로 그 목적에 부합하는지 살피는 것이 가장 중요하지 않을까? 주제에 맞게 기사들이 충실하게 구성됐는지, 섭외와 청탁은 균형이 잡혔는지, 궁극적으로 그 결과물이 독자에게 충분히 가닿을 수 있을지에 관한 이야기는 조용한데, 왜 오타 이야기만 시끌벅적한 걸까? 그건 어쩌면 우리의 시야가 유의미한 콘텐츠를 독자에게 전달하는 넓은 관점의 출판 행위보다 글을 고치고 다듬는 좁은 관점의 편집 노동에 몰입해서는 아닌지 스스로 되돌아보게 된다.

생각해 보면, 편집장이 되기 전에 잡지사 기자였던 시절에는 잡지가 나오면 내가 쓴 기사가 실린 부분을 먼저 펼쳐서 오타가 있는지부터 확인했다. 하지만 편집장이 된 이후부터는 잡지의 전체적인 흐름을 살피게 되었다. 그리고 A 꼭지보다 B 꼭지가 먼저 나와야 독자에게 좀 더 친절할 수 있었을 것 같다거나 C 꼭지를 마지막에 배치해야 독자에게 좀 더 여운을 줄 수 있었을 것 같다는 느낌이 들면 스스로 코트 비전Court Vision◎이 부족했다고 반성하게 된다. 기획 단계에서 차례를 짤 때는 잡지 한 권의 전반적인 흐름과 구성을 자연스레 의식하지만, 편집 단계에 돌입하면 기사 한 꼭지씩 완성하는 것에 더 집중하게 된다.

보통 일반적인 잡지에서는 차례와 배열이 일단 결정되면 가급적 수정하지 않고 그대로 진행한다. 차례와 배열에 손을 대는 건 꽤 번거로운 과정이라 비효율적이고, 자주 수정하게 되면 특정 페이지가 누락되는 등의 배열 사고가 일어나기도 한다. 그럼에도 차례와 배열을 건드리는 이유는 같은 내용의 기사라도 어떤 순서냐에 따라 독자에게 다른 인상이 전달될 수 있기 때문이다. 특히 이미지 중심의 사

◎　　농구 경기에서 선수의 시야를 말한다. 우수한 선수는 자기 플레이를 하면서도 전체 코트를 볼 수 있는 넓은 시야를 갖고 있어야 한다. 특히 포인트가드의 능력을 측정할 때 필수적으로 요구되는 조건이다. (출처: 두산백과)

진 잡지라면, 어떤 사진을 먼저 보고 나중에 보는지에 따라, 또한 어떤 유의 사진 작업을 연속으로 배치해 묶어 보느냐 서로 떨어뜨려 보느냐에 따라 느낌과 분위기가 달라진다. 물론 그렇게 한다고 해서 핵심적인 내용이나 메시지가 근본적으로 바뀌지는 않는다. 다만 막판에 차례와 배열을 수정하는 과정에서 중요한 점은 철저하게 독자를 상상하면서 어떤 순서로 기사를 접할 때 잡지의 주제의식이나 메시지가 강조될 수 있을지 전반적으로 다시 한번 점검하는 것이다.

가령 다소 어렵고 무거운 주제라면 잡지 초반부에 오히려 가벼운 느낌의 기사 몇 꼭지를 배치해 뒷부분으로 갈수록 분위기를 점점 무겁게 고조시킬 수도 있고, 반대로 어차피 쉬운 주제는 아니니 처음부터 강하게 무거운 기사를 바로 배치할 수도 있다. 둘 중 어떤 방식이 독자에게 더 전달력이 좋을지 인쇄에 들어가기 전에 마지막으로 점검해 보는 것이 좋다. 또한 독자의 호흡을 고려해 텍스트 꼭지만 모아 연속적으로 배치해 집중할 수 있게 하거나 반대로 텍스트가 빽빽한 꼭지를 분산할 수도 있다. 화보 기사 또한 독자가 좀 길다거나 지루하게 느낄 만한 꼭지가 있다면 한두 페이지를 줄이고, 장도비라◎ 같은 페이지를 만들어 독자

◎   본문 시작 전에 '부'나 '장'의 시작을 나타내 주는 별도 페이지로, 소제목을 모아서 보여 주거나 인상적인 구절 등을 미리 소개한다.

가 호흡을 조절하거나 화보 기사의 전체적인 구성을 한눈에 파악하는 데 도움을 줄 수 있다.

표지와 헤드라인을 정하자

이런 말을 들어 본 적이 있는지 모르겠다. 속된 말로 "단행본은 저자빨, 잡지는 표지(디자인)빨." 책이나 잡지 한 권을 내놓으려고 여러 방면으로 공을 들이는 편집자에게 이런 말은 서운하게 들릴 수밖에 없지만 현실적으로 무시할 수 없는 내용, 즉 단행본의 가장 중요한 세일즈 포인트는 역시 저자라는 사실을 시사한다.(물론 출판사의 신선한 시도나 편집자의 안목이 돋보이는 기획빨도 있다.) 때로는 저자 자체가 단행본에서 가장 중요한 콘텐츠가 되기도 한다. 모두 다 그렇다고 말할 수는 없겠지만 오랫동안 많이 팔리는 책은 결국 저자의 힘이 강하다. 그런 탓에 마땅한 콘텐츠도 없이 저자의 인지도와 유명세만 활용한 단행본이 급조되어 쏟아지기도 한다. 하지만 이 또한 저자와 독자가 시공간을 초월해 만나는 매개체라는 책의 속성에 기반한다. 독자는 책을 통해 저자의 목소리를 듣고, 저자의 사유를 따라가며, 저자와 만난다. 그렇기에 '가장 좋아하는 저자의 책'이라는 이유만큼 구매욕과 독서욕을 불러일으키는 요인도 없을 것이다.

　이에 비하면 잡지의 '표지빨'은 좀 더 속물적인 것 같다. 그렇다면 내용도 상관없이 표지만 예쁘면 다야? 인정하긴 싫지만 그럴 수도 있다. 실제로 패션 잡지의 경우에는 표지 모델이 누구냐에 따라 판매량이 드라마틱하게 달라진다. 그래서 어떤 패션 잡지는 모델을 달리해서 A 커버와 B 커버, 표지 2종으로 발행되기도 한다. 단행본은 표지 디자인이나 본문 조판이 아무리 못생겨도 내가 좋아하는 저자라면 구매하는 데 큰 지장이 없다(문학사상사에서 나온 무라카미 하루키의 책들이 그 대표적인 예일 것이다). 이와 마찬가지로 잡지는 해당 매체의 성격이나 내용과 상관없이 표지만 마음에 들어도 구매할 때가 많다.

　『보스토크 매거진』의 경우에도 40호 넘게 발행하면서 여러 다양한 주제를 다루고, 여러 필자가 참여했지만, 독자가 가장 먼저 반응하는 것은 표지였다. 특히 조금이라도 못생긴 표지를 내밀면 독자의 반응은 싸늘했다. 가령 '사진과 정치'의 관계를 다룬 3호에서는 전반적으로 진지한 내용에 맞게 표지 또한 무거운 분위기를 연출했다. 검은색 돌의 질감이 나타나는 사진을 배경으로 깔고 그 위에 박정희 전 대통령의 동상을 찍은 사진을 겹쳐 배치했고, 형광빛이 도는 핑크색 박으로 텍스트와 패턴을 도드라지게 처리했다. 디자인이 완성되는 과정에서도 독자가 보기에 마냥 예쁘고 매력적인 표지는 아닐 거라고 각오는 했었다. 그래도 주제와는 잘 어울린다고 판단했다. 하지만 잡지가 나온 후 독자 중에서는 '표지가 무섭다'는 반응도 있었는데, 그런 반응은 전혀 예상치 못했다. 표지를 다시 보니 어둡고 검은 얼굴에 핏빛 글자가 마치 공포영화 포스터 같은 느낌을 주었다. '사진과 정치'라는 중요한 문제를 다루고 내용도 제법 충실했지만, 판매량은 저조했다. 내용을 모두 다 알고 표지를 판단하는 편집자 입장에서는 주제와 어울리기에 호감인 표지였으나, 내용을 모르고 표지만 먼저 보는 독자에겐 그저 무서운 비호감 표지였다. 물론 저마다 취향이 다른 독자들이 모두 좋아할 만한 표지를 내밀기는 무척 어렵다. 게다가 주제에 따라 예쁜 표지를 포기해야 할 때도 있다. 주제가 '타인의 고통'이라든가 '애도에 관하여'라면 어떻게 표지를 예쁘게 만들 수 있겠는가. 하지만 그럴 때도 독자를 의식해 최소한 무섭다거나 불쾌하다는 식의 반응이 나오지 않도록

해야 한다.

　경험적으로 반응이 좋았던 표지의 공통점은 그 표지를 고르는 데 고심하지 않았다는 것이다. 사진 잡지의 표지는 보통 참여 사진가의 작품으로 장식하기 때문에 어떤 사진을 고를지 무척 고민될 수밖에 없다. 그래서 참여 사진가의 작품 중에서 주제에 가장 부합하거나 눈에 가장 잘 띄고 매력적인 사진들을 4~5점쯤 골라 표지 시안을 만들고, 이를 비교해서 최종 결정을 한다. 그러나 이 과정은 간혹 압도적인 '표지감' 사진을 발견하면 매우 간소화된다. 기사에 수록할 사진을 고르다가 '앗! 이건 이번 호 표지다' 하는 강력한 직감이 찾아오는 경우다. 그럴 때는 표지 시안을 여러 개 만들 필요도 없이 그 사진만 표지에 얹고 서체 스타일이나 크기 등의 균형만 확인하고 조정하면 된다. 이런 식으로 완성된 표지가 대체로 반응이 좋았던 이유는 아마도 내가 사진을 골랐던 방식과 독자가 표지를 볼 때의 방식이 가까워졌기 때문일 것이다. 보자마자 즉각적으로 또는 감각적으로 '좋다'고 느꼈다는 점에서 말이다.

　그렇다면 어떤 것이 보자마자 '좋다'고 느낄 만한 '표지 사진'일까? 형태와 컬러 그리고 선예도◎ 등을 기준으로 살펴볼 수 있다. 우선 비교적 점·선·면 등의 형태가 심플하

◎　화상이 선명하게 보이는 정도. 일반적으로 초점·색채·필름 입상성의 결과로서 화상 디테일이 명료한 정도를 말한다.

고 명확한 대상이 등장하는 사진이 눈길을 끈다. 한 사람의 얼굴이나 고양이의 실루엣이 담긴 사진이 그런 경우다. 반대로 복잡한 배경이나 어지러운 패턴 등이 등장하면 무엇을 봐야 하는지 혼란스럽다. 그런 사진일 경우 제호를 처리하기도 쉽지 않다. 다음으로 대체로 흑백사진보다는 컬러사진이, 어두운 사진보다 밝은 사진이 눈에 잘 띈다. 또 비비드 컬러든 파스텔톤 컬러든 전반적으로 일관된 컬러 톤이 감도는 사진이 보는 사람에게 시각적으로 다가온다. 앞서 언급한 형태와 컬러가 매력적인 사진이라도 선예도가 떨어지면 표지 사진으로 적합하지 않다. 사진의 경우 선예도는 카메라의 해상력과 관계가 깊다. 똑같은 장면을 찍어도 해상력이 높은 카메라로 찍을수록 선예도가 높다. 모니터에서는 선예도가 낮은 사진도 느낌이 좋을 수 있지만, 막상 인쇄하면 이미지가 뭉개져 조악해 보일 수 있다. 또한 선예도는 인쇄할 때 인쇄기의 선수(LPI)◎와도 관련이 있는데 인쇄 선수를 높일수록 선예도가 우수해진다. 가령 신문의 경우에는 인쇄 선수가 80~100선 정도로 낮은 편이라 망점이 크고 선예도가 떨어진다. 표지로 사용할 사진은 초점이나 노출·선예도 등 기술적인 면에서 우수해야 인쇄 퀄리티에서 하자가 생기지 않는다. 아무리 좋은 사진이라도

◎　line per inch. 인쇄 망점들이 1인치 안에 몇 줄로 들어가느냐를 나타낸 수치.

인쇄로 구현하기 어려운 컬러나 톤이라면 포기해야 한다.

물론 매력적인 사진을 쓴다고, 또 감각적으로 보자마자 느낌이 온다고 모두 다 좋은 표지는 아닐 것이다. 시각적인 측면보다 내용적인 측면에 충실하게 만들어 두고 볼수록 메시지가 풍부해지는 표지도 있다. 다만, 독자 입장에서는 내용을 모른 채 표지 이미지로 잡지의 첫인상이 결정될 수 있으므로 즉각적인 호감을 끌어내는 시각 요소를 고려해야 한다는 점을 강조하고 싶다.

표지만큼이나 잡지의 첫인상을 좌우하는 것은 헤드라인(특집 제목)이 아닐까? 그런 탓에 편집 과정에서 표지를 고르는 것만큼 어려운 일이 헤드라인을 정하는 것이다. 실제로 편집 과정에서 표지보다 헤드라인 때문에 고민할 때가 더 많기도 하다. 표지는 직감적으로 빠르게 완성되는 경우가 간혹 있지만, 헤드라인은 그런 경우가 매우 드물다. 어쩔 수 없이 헤드라인은 기획 초기부터 편집 마무리 단계에 이르기까지 계속 고민하고 다듬을 수밖에 없다. 보통 잡지가 나오기 전까지 헤드라인 아이디어를 차근차근 리스트 업한다. 그 후보들은 크게 주제를 그대로 드러내는 형태와 주제를 우회적으로 암시하는 형태로 나눌 수 있다. 가장 직접적인 제목부터 가장 비유적인 제목까지 스펙트럼을 넓힌 상태에서 판단하는 것이 좋다. 가령 주제 자체가 어렵고 메시지가 모호하다면 헤드라인이라도 선명하고 정직해야 독자에게 친절하게 다가갈 수 있다. 반대로 내용이 단순하고 평면적이라면 조금 비유적인 제목으로 상상력을 부여할 필요가 있다. 헤드라인이 뜻도 좋고 입에도 잘 붙는다면 그보다 좋을 수는 없다. 다만 잡지 헤드라인은 뜻과 어감이 시각적으로 어떻게 구현될 수 있는지까지도 고려해야 한다. 비슷한 뜻과 어감이라도 한 단어·두 단어의 조합·세 단어 이상의 조합으로 헤드라인을 다듬으면 표지에 배치했을 때 시각적인 균형감이 달라지기 때문이다. 헤드라인은 때로는 한두 단어로 한 줄일 때 보기에 명쾌할 수도 있고, 두세 단어 이상으로 두 줄일 때 표지에서 제호와 균형감을 이룰 수도 있다.

표지를 고르며

의미를 부여하기보다는 즉각적인 반응을 일으킬 것.
표지를 고를 때 가장 유념하는 부분이다. 바로 감탄이 나올
정도로 예쁜 이미지인데, 의미까지 부여할 수 있다면 이보다
좋을 수는 없다. 내게 그런 표지는 2021년 1월에 나온
『보스토크 매거진』 25호 『2020 팬데믹 다이어리』이다.
표지로 사용한 사진은 청량하고 예뻤다. 눈부신 바다
색감도, 고슬고슬한 파도 질감도, 슬며시 물결에 일렁이는
태양빛도, 홀로 여유롭게 수영을 즐기는 사람도. 그 사진은
2020년 3월 초, 하와이 케알라케쿠아 베이에서 드론으로
촬영되었다.

2021년 1월의 서울은 춥고 온통 잿빛인데, 사진 속은
따뜻함과 푸른빛이 충만했다. 서울과 하와이 그리고 겨울과
지난봄, 장소와 계절의 격차가 너무나 드라마틱하게
다가왔다. 그 비현실적인 기분은 단순히 공간 사이의 거리나
시간의 경과에서 비롯되는 것만은 아니었다. 코로나니
팬데믹이니, 깝깝한 현실과 동떨어져 보였기에 더욱더
초현실적인 이미지로 거듭났던 것이다. 분명 현실적으로
여겨졌던 사진이 어느 순간부터 초현실적인 이미지로
경험되는 순간은 언제나 묘하면서도 얄궂다. 사진의
리얼리티는 장면 속의 현실이 결정하는 것이 아니라,
때로 그 장면을 바라보는 현실에 따라 좌우된다는 사실을
곱씹었다.

당시의 현실과 공간적으로 시간적으로 심리적으로 가장 멀리 떨어진 '하와이 바다' 사진을 바라보며 리얼리티에 관해 생각하다가, 실없는 농담을 했던 때가 떠올랐다.

"못 돌아오는 거 아냐?" 2020년 2월 하와이로 촬영을 가는 사진가에게 농담을 던졌다. 코로나가 전 세계적으로 확산되기 시작할 시점이었기 때문이었다. 속으로 '하와이라면 갇히는 것도 나쁘지 않겠는 걸', 그런 실없는 생각까지 했었다. 그때만 해도 한두 달이면 끝나는 줄 알고 던진 농담이었고, 기약도 없이 팬데믹이 계속될 줄은 꿈에도 몰랐다. 그때도 상황은 심각했지만, 은연중에 곧 끝난다고 믿었기에 농담을 던질 수 있었던 것 같다. 곧 닥쳐 올 절망 앞에서도 농담을 던져 보는 건, 아직 희망을 놓지 않았다는 뜻이기도 했다.

그리고 얼마 지나지 않아 그런 농담조차 전혀 할 수 없는 상황으로 바뀌었다. 실제로 다른 나라에 가는 일도 돌아오는 일도 마음대로 할 수 없게 되어 버렸으니까. 그러면서 자연스럽게 코로나 상황이 끝날 것이라는 막연한 희망도 서서히 사라졌다. 그즈음 팬데믹 1년을 돌아 보는 잡지를 만들 때, 그 '하와이 바다' 사진은 곧 끝난다고 여겼던 시절과 더 이상 그렇게 여길 수 없는 시절을 동시에 환기시켰다. 그 차이를 더듬으며 무언가를 잃어 버렸다는 느낌을 떨칠 수가 없어 씁쓸했다. 하지만 그 사진을 표지로 고르며 처음으로 믿음과 희망에 관해서 다시 생각할 수 있었다. 곧 끝난다는 믿음이 없어도 어떤 시절을 버티는 것이야말로 단단한 믿음이라고, 희망 없이도 견딜 수 있다는 것에 희망을 걸어 본다고.

창간
준비 ○
기획 ○
편집 ○
제작 ●
출간 ○

누군가 생각한 것이 모여 글이 되고, 누군가 바라본 것이 모여 사진이 된다. 글과 사진을 고르고 다듬고 엮어 편집본 파일을 완성한다. 그 데이터는 종이에 인쇄되어 접고 자르고 묶여 책이 된다. 한 권의 잡지가 나오려면 여러 공정과 협업 그리고 변환 과정을 거쳐야 한다. 그 과정에서 여러 문서 파일과 이미지 파일은 편집부를 거쳐 인쇄용 데이터 파일로 바뀌고, 인쇄소를 거쳐 실물 잡지가 탄생한다. 편집이 잡지에 들어갈 데이터를 가공하는 과정이었다면, 제작은 그 데이터를 실물 잡지로 변환하는 과정이라 할 수 있다.

제작 사양을 결정하자

지금까지 살펴본 '편집' 과정이 잡지에 들어갈 글과 사진 등의 데이터를 가공하는 단계였다면 이제부터 알아 볼 '제작' 과정은 편집된 콘텐츠를 실물로 변환하는 단계라고 할 수 있다. 편집 과정에서 완성된 데이터는 인쇄소에서 출력·인쇄·접지·재단·후가공·제본 등의 공정을 거쳐 잡지가 된다. 편집 과정에서의 데이터는 가역적인 상태로 언제든 수정할 수 있지만, 그 데이터를 물리적으로 구현하는 제작 과정은 비가역적인 상태로 수정이 거의 불가능하다. 제작 사양을 신중하게 고민해야 하는 이유가, 또 제작과 관련된 결정에서 대체로 보수적인 판단이 작용하는 이유가 여기에 있다. 제작 과정에서 인쇄든, 제본이든, 후가공이든 한 번 진행되면 되돌리거나 수정할 수 없기에 새로운 시도를 하기보다는 사고가 적고 안전한 선택을 하게 되는 것이다.

제작 사양을 결정할 때 고려할 요소들은 대략 이렇다. 판형과 분량·인쇄 도수·용지(표지·본문·면지)·제본· 후가공 등이다. 여기서 가장 중요한 점은 잡지의 정체성과 내용에 어울리는 제작 사양을 조합하는 일이다. 각 공정에서 선택한 사양은 서로 연결되고 영향을 준다. 가령 사진 잡지라서 사진을 크게 보여 주고 싶어 큰 판형을 선택했다면, 분량이 너무 늘어나지 않게 조정하고 가벼운(저평량) 용지를 골라야 한다. 판형도 크고 분량도 많은데다 고평량 용지까지 사용한다면 제작비가 상당히 들 뿐만 아니라 외형적으로도 무겁고 부담스러운 모양새가 되기 때문이다. 이처럼 내가 만들고 싶은 잡지의 가장 이상적인 형태가 어떤 모습인지, 또 독자의 손에 있을 때 그 모습이 적합할지 상상하면서 제작 사양을 고민할 필요가 있다.

그러나 때로는 원하는 잡지의 모습보다 제작비와 제작 기간이라는 현실적인 조건에 따라 사양이 결정되기도 한다. 판형을 크게 하느냐 작게 하느냐, 인쇄를 4도로 하느냐 5도◎로 하느냐, 제본을 무선◉으로 하느냐 사철◍로 하느냐 등등 각각의 제작 사양마다 제작 단가가 다르고 제작

◎ 　4도 인쇄에 별색을 추가한 경우. 일반적으로 책을 통해 우리가 접하는 컬러 인쇄는 4도 인쇄로 네 가지 색(빨강, 파랑, 노랑, 검정) 잉크를 사용한다.

◉ 　일반적인 단행본에서 가장 많이 사용되는 제본 형식으로 책의 표지와 내지를 풀로만 접합하여 단단하게 고정하는 방식이다.

◍ 　종이를 실로 엮는 제본 형식으로, 튼튼하고 펼침성이 우수한 방식이다.

기간도 천차만별이다. 원하는 형태가 구체화되면, 이와 연관된 제작 사양의 비용과 소요 기간을 확인하고, 제작 사양의 균형점을 찾아야 한다. 가령 사진 속의 색을 잘 표현하려고 5도 인쇄를 한다면, 당연히 용지로 색 재현이 우수한 고급지 중에서 선택하는 게 효과적이다. 이때 5도 인쇄와 고급지의 조합으로 제작비가 크게 상승했다면, 제본과 후가공에서 무난한 사양을 선택해 제작비가 초과된 부분을 만회할 수 있다. 이와 달리 이미지가 적고 텍스트 중심의 책이라 본문을 1도나 2도 인쇄로도 충분해 제작 비용을 절감했다면, 표지에는 박◎ 처리를 하는 등 후가공에 좀 더 비용을 들여 특별함을 더할 수도 있다.

이렇게 공정마다 사양을 고민해 조합하는 과정은 기본적으로는 제작비의 한계에서 비롯되지만, 이러한 과정에서 적절한 균형점을 찾아야 출판물의 완성도가 높아질 수 있다. 여기서 균형점이란 필요한 요소와 부차적인 요소를 구별해 택하고 버리는 과정에서, 즉 선택과 집중을 통해 확보된다. 이는 만들고자 하는 출판물의 성격이나 강조점을 제대로 파악하지 않고는 불가능하다. 때로 막대한 예산을 투자해 모든 공정에서 고사양을 선택한 출판물에서 오히려 독자가 길을 잃는 경우를 목격하게 된다. 이 또한 선택

◎ 얇은 박지에 열과 압력을 가해 종이에 부착시키는 후가공 중의 하나로 로고·글자·패턴 등을 강조하고자 하는 부분에 적용하면 고급스럽고 세련된 느낌을 준다.

과 집중의 문제에 성패가 달려 있다고 생각한다.

어떤 일이든 효과적으로 선택과 집중을 한다는 것은 매우 어렵다. 내가 원하는 잡지의 모습과 현실적인 조건 그리고 공정마다 선택한 사양의 장단점 등 모든 요소 속에서 무엇을 택하고 무엇을 버려야 하는지 고민하는 과정은 여러 차례 시행착오를 거칠 수밖에 없다. 이 또한 시간과 품이 들기 때문에 보통 잡지에서는 제작 사양을 한번 결정하면 대부분 그대로 유지한다. 말 그대로 정기간행물인 잡지의 연속성을 확보하려면 정체성이나 내용뿐만 아니라 물성, 즉 제작 사양도 통일하는 편이 유리하다. 언제나 마감에 쫓기고 시간이 빠듯한 잡지의 제작 현실을 고려해 매호 제작 사양을 고민하고 바꾸기란 불가능한 일이기 때문이다. 그래서 매호 똑같은 판형·분량·용지·제본 방식 등을 고수하는 방식이 효율적이자 현실적이다.

하지만 대부분의 잡지들이 그런 방식을 택하기 때문에 매호 제작 사양에 변화를 준다면 차별화를 꾀할 수도 있다. 그리고 매호 특정한 주제를 다루는 잡지라면 제작 사양에 변화를 주어 해당 주제와 어울릴 법한 책의 물성을 드러낼 수도 있다. 가령 '빛과 그림자'라는 주제를 다루고, 이를 잘 나타내는 사진을 표지로 사용했다고 해 보자. 보통 잡지에서는 매호 '표지는 무광 코팅, 제호에 에폭시◎ 후가공'을 똑같이 한다. 하지만 매호 변화를 줄 수 있다면 이렇게 할 수도 있다. 전체적으로 무광 코팅을 한 다음에 사진의 밝은 부분만 에폭시 처리해서 '빛과 그림자'처럼 반짝임의 차이를 보여 주는 것이다. 둘 다 기본적인 제작 사양은 같지만 전자는 매호 통일된 형태로, 후자는 주제에 맞게 변화를 주는 형태로 독자에게 보다 색다른 느낌으로 다가갈 것이다.

큰 판형의 잡지 vs. 작은 판형의 잡지

사진 잡지는 일반적인 단행본에 비해 판형이 크다. 적어도 A4 용지 사이즈보다 커야 사진 속의 디테일을 제대로 보여 줄 수 있고, 펼침면도 효과적으로 작동한다. 이를 모르는 바는 아니지만 『보스토크 매거진』은 사진 잡지치고는 작은 판형(170×240mm)을 택했다. 기본적으로 가장 경제적인 판형을 고민한 결과였지만, 큰 판형의 가시적인 효과가 예전만 못하다는 판단도 한몫했다.

아직 컬러텔레비전이 완전히 보급되기 전인 1960년대 중반까지 미국의 시사 잡지 『라이프』는 전성기를 누렸다. 무엇보다 커다란 판형에 펼쳐진 컬러 화보가 독자에게 새로운 세상을 보여 주는 창구 역할을 했기 때문이다. 『라이프』

◎　특정한 부분 위에 투명 잉크를 덧입혀서 도드라지는 촉감과 질감을 나타내는 후가공 방식 중의 하나.

뿐만 아니라 당시의 패션 잡지들도 모두 큰 판형으로 제작되었는데, 큰 판형은 독자뿐만 아니라 제품을 크고 자세하게 보여 주고 싶은 광고주에게도 매력적이었다. 큰 판형의 잡지는 제작비가 더 많이 소요될 뿐만 아니라 더 많은 인력이 투입된다. 판면이 클수록 보다 정교하게 구성해야 했고, 그만큼 더 많은 글·제목·폰트·디자인적 요소가 필요했기 때문이다. 사진 또한 큰 판형에서도 해상도가 깨지지 않으려면 정교한 기술을 지닌 사진가가 필요했다. 이러한 모든 요소와 인력을 효과적으로 지휘해야 하는 아트 디렉터의 탁월한 능력도 부각됐다.

하지만 컬러텔레비전이 등장하고 그 화면이 커질수록 큰 판형의 펼침면이 지녔던 스펙터클한 효과는 반감될 수밖에 없었다. 게다가 디지털 혁명 이후로 우리가 일상에서 매일 마주하는 화면의 크기는 더욱 드라마틱하게 커졌다. 이러한 환경에서 큰 판형이 주는 시각적 쾌감을 제공하려면 과연 잡지는 얼마나 커져야 할까? 잡지의 판형이 디지털 디바이스의 스크린과 경쟁한다는 것은 무모할 뿐만 아니라 무의미하다. 한편 흥미롭게도 요즘 독자는 일상에서 대형 화면을 바라보는 동시에 손바닥만 한 스마트폰을 들여다보기도 한다. 가장 큰 판형과 가장 작은 판형을 수시로 오가며 그 사이에서 여러 콘텐츠를 호환해 소비하는 요즘의 독자에게 『라이프』 잡지가 선사했던 큰 판형의 스펙터클한 감흥이 가능할까? 그렇지 않을 것이다.

『보스토크 매거진』은 잡지보다는 단행본에 가까운 크기를 선택하면서 판형 자체만으로도 다른 사진 잡지와는 차별화되는 효과를 한동안 누렸다. 그러나 최근에는 워낙 작은 판형의 잡지가 많아져서 그런 효과를 기대하기는 어렵다. 호마다 한 가지 주제를 다루면서 과월호 개념을 탈피하는 전략 또한 잡지보다는 단행본처럼 보이는 작은 판형에서 더 효과적일 것이다. 게다가 판형이 작아지면서 극대화되는 아기자기한 책의 물성은 손에 쥐고 싶은 소유욕을 불러일으키기도 한다. 물론 갈수록 책이 점점 더 작은 굿즈처럼 팬시해지고 귀여워지는 현상을 긍정적으로만 바라볼 수는 없다. 이는 책이라는 물성뿐만 아니라 내용과 사유 또한 가벼워진다는 방증이기 때문이다.

하지만 어떤 콘텐츠든지 점점 소비의 속도가 빨라지고 주기가 짧아지는 현시대 속에서 잡지 또한 내용도 형식도 점점 간소화될 수밖에 없을 것이다. 하지만 큰 판형의 잡지에 경제 호황기를 배경으로 가능했던 대량생산과 대량판매의 구조가 반영되어 있다면, 작은 판형의 잡지에서는 경제 불황기 속에서도 출간을 시도하는 다품종 소량 출판물의 의지를 읽을 수 있지 않을까.

종이를 고르자

표지·내지·면지◎·띠지◉·재킷◍…… 책은 표지를 천이나 가죽으로 감싸는 양장본을 제외하고는 머리부터 발끝까지 모두 종이로 이루어진다. 책에 들어가는 글과 사진을 포함해 모든 내용과 디자인은 결국 종이 위에서 가시화된다. 그리고 독자는 종이를 보고 만지고 넘기고 접으면서 종이를 매개로 책에 몰입한다. 이처럼 책에서 종이가 절대적으로 중요한 만큼 종이를 고르는 일은 어렵고 까다롭다.

　그 이유는 근본적으로 종이가 완벽하지 않기 때문이다. 내가 바라는 것처럼 색이 선명하게 잘 올라오고, 촉감과 넘김도 좋고, 가벼우며 백색도Brightness❶까지 적당

◎　표지와 내지를 구분하려고 책의 앞과 뒤에 삽입하는 종이로 양장본의 경우에는 표지와 내지를 단단하게 결속하는 역할을 한다.

◉　책 광고를 위해 표지나 재킷 위에 한 겹 더 두르는 긴 띠 모양의 인쇄물.

◍　표지 위에 한 번 더 겹쳐 씌우는 형식으로 제작되는 덧표지.

❶　종이의 흰 정도(펄프의 표백 정도)로, 백분율(%)로 표시한다.

한 종이는 세상에 존재하지 않기에 선뜻 어떤 지종을 선택하기란 매우 어렵다. 또한 어떤 용지를 사용하느냐에 따라 인쇄 결과물이 좌우된다. 같은 데이터라도 도공지Coated Paper◎에 인쇄하느냐, 비도공지Uncoated Paper◉에 하느냐에 따라 인쇄물에서의 색 재현과 느낌이 크게 달라지며, 각 종이의 인쇄적성을 제대로 파악하지 못하면 인쇄 과정에서 애를 먹게 된다. 그런가 하면 용지대는 책 제작비에서 큰 부분을 차지한다. 만약 제작 부수가 한두 권이라면 가격을 보지 않고 종이를 고를 수 있겠지만 대량생산을 전제로 하는 출판에서는 고작 몇 천 원 더 비싼 용지를 사용해도 제작비가 눈덩이처럼 불어나기 때문에 가격표 앞에서 계산이 복잡해진다. 그렇다면 도대체 어떤 종이를 선택해야 할까? 무수히 많은 종류의 종이 앞에서 언제나 방황하게 만들던 그 물음을 잠시 바꿔서 생각해 보려고 한다.

이런 질문이라면 어떨까? "어떤 카메라를 살까요?" 사진 잡지를 만드는 탓에 그런 질문을 종종 받는다. 아날로그 시절에는 좋은 필름이나 인화지를 골라 달라는 요청을 받기도 했다. 나는 좀 싱거운 대답을 하곤 했다. "가장 비싼 걸 사세요." 세상의 이치란 게 쓸데없이 비싼 경우는 드물고, 비싼 데에는 대개 이유가 있기 때문이다. 비싼 카메라는

◎   안료, 미세 돌가루 등을 도포한 인쇄용지.

◉   안료를 도포하지 않은 인쇄용지.

온도·습도·충격에 강하고, 그 외 다양한 편의 기능을 탑재했다. 비싼 필름은 빛이 부족해 어두운 상태에서도 색을 충실히 재현하고, 비싼 인화지는 암부가 뭉치지 않고 디테일이 살아 난다. 이처럼 비싼 것들은 악조건을 견디며 자신의 기능을 발휘한다. 이것이 비싼 물건의 강점이고, 비싼 값을 치르는 이유가 여기에 있다. 그렇다면 반대로 이렇게도 한번 질문해 보자. 그 비싼 강점이 발휘되어야 하고, 비싼 값을 감수할 만큼 나를 둘러싼 상황이 악조건인가? 언제 어디서든 직업적으로 사진을 찍어야 하는 사진기자라면 모를까, 카메라를 사려는 사람의 대다수는 그렇지 않다. 극한 지역에 갈 일도, 빛이 거의 없는 상황에서 극단적으로 매우 어두운 장면을 꼭 찍어야 할 일도 거의 없다. 일반적이고 정상적인 범위 안에서 촬영한다면 사진에 별다른 문제가 생길 가능성이 낮고, 굳이 꼭 비싼 카메라나 필름을 사용할 필요도 없는 것이다.

종이도 마찬가지가 아닐까. "어떤 종이를 쓸까요?" 종이도 역시 비쌀수록 대체로 좋다. 우수한 펄프◎를 사용하고, 재생 펄프의 함유량이나 펄프의 가공 방식도 중질지와 다른 비싼 고급지는 어떤 색이든 선명하고 또렷하게 재현되며, 암부에서 먹이 떡지거나 희끗희끗한 자국이 생기지

◎   종이를 만들려고 나무 등의 섬유 식물에서 뽑아낸 재료.

않는다. 가볍고 질감과 색감까지 우아하며, 고급스럽다. 하지만 그런 장점 또한 악조건이 아니라면 극대화되지 않을 것이다. 그렇다면 악조건이란 무엇일까? 어두운 사진이 너무 많이 들어간다거나 정확한 색을 재현해야 하는 도판이 많이 포함됐다거나, 지나치게 판형이 크거나 분량이 너무 많다면 인쇄하거나 제본하는 과정이 수월하지 않다. 그렇지 않고 텍스트 위주에 일반적인 판형과 분량의 단행본이라면 모조지(백상지) 계열의 용지로도 충분하다. 실제로도 일반적인 단행본의 본문 용지로 백색 또는 미색 모조지가 가장 많이 사용된다. 비도공지에 속하는 모조지는 사람들이 '종이' 하면 흔히 떠올리는 촉감과 질감을 지녔고, 차분한 느낌을 준다. 또한 빛 반사율이 높지 않아 눈의 피로감이 덜하기 때문에 가독성이 높은 편이다.

하지만 채도가 높거나 암부가 지배적인 사진을 인쇄하기에는 적합하지 않다. 그런 사진을 모조지에 인쇄하면 전반적으로 색이 가라앉고 암부가 희끗희끗하게 보이기 때문이다. 이럴 때는 도공지에 속하는 아트지나 스노우지가 더 적합하다. 잉크가 종이 속으로 스며들어 번지는 비도공지와 달리 도공지는 표면이 코팅되어 있으므로 잉크가 번지지 않아 색감과 형상을 보다 선명하고 또렷하게 재현할 수 있다. 다만 도공지는 표면 위에 잉크를 머금고 있기 때문에 충분한 건조 시간이 필요하다. 같은 도공지에 속하지만 광택이 더 많이 나는 아트지가 스노우지보다 더 쨍하고 선명한 이미지를 얻을 수 있다. 색 재현만 놓고 본다면 이미지가 많은 잡지에서는 아트지를 선호할 것 같지만 실제로 그렇지는 않다. 아트지 특유의 번들거리는 광택이 촌스럽다고 여겨지는 탓이다. 실제로 같은 사진을 인쇄해도 아트지는 스노우지보다 좀 더 노골적이고 날것 같은 느낌을 준다. 또한 얇고 낭창낭창한 아트지는 인쇄할 때 바가지 현상◎이 심하기 때문에 스노우지보다 평량◉을 높여서 사용해야 한다. 이에 비해 스노우지는 색 재현이 우수하면서도 아트지보다 세련되고 단단한 느낌을 준다. 그 이름처럼 하얗고, 부드럽고 질감이 매끄러운 스노우지는 이미지의 재현력과 텍스트의 가독성도 무난해 잡지에서 가장 많이 사용된다. 하지만 재미있게도 잡지에서 스노우지를 너무 흔하게 접하니 아트지만큼 촌스럽다고 여기는 경향이 생겼다. 특히 '킨포크'풍 잡지가 유행한 이후로 잡지에서도 모조지 계열 용지의 자연스러움을 선호하면서 스노우지는 플라스틱처럼 인위적이라 기피하는 듯하다. 하지만 한때 좀 촌스럽다고

◎　　인쇄할 때 잉크를 머금으면서 종이가 팽창해 가운데가 바가지처럼 볼록해지는 현상. 이렇게 되면 종이의 가장자리 부분은 인쇄 초점이 어긋나게 된다.

◉　　종이의 면적이 가로세로로 1m일 때의 무게. 평량이 높은 종이일수록 두껍고 비침이 없고 고해상도 이미지를 인쇄할 때 유리하지만, 그만큼 가격이 비싸진다.

여긴 스노우지도 언젠가 드물고 귀해지면 다시 세련된 종이로 복귀할지도 모르겠다.

이처럼 종이를 선택할 때는 종이 자체만의 고유한 특성뿐만 아니라 사람들이 종이에 바라는 인상과 기대까지도 함께 고려해야 한다. 선명하고 정확한 색 재현이라면 도공지, 종이의 자연스러움이라면 비도공지라는 비교적 선명한 선택 기준들이 흔들리고 복잡해진다. 다시 말해 모조지처럼 종이다운 질감이 나면서 아트지처럼 사진이 선명하게 인쇄되는 용지를 찾는 것이다. 물론 이것이 불가능한 바람은 아니며, 그런 종이가 아예 없는 것도 아니다. 비도공지 계열이라 종이의 느낌은 충만하면서도 색이 진하고 선명하게 인쇄되는 종이가 분명히 있다. 하지만 대개 일반적인 모조지보다 최소 두세 배 이상의 가격을 자랑한다. 한편으로는 도공지와 비도공지의 장점을 절충하고, 단점을 상쇄시킨 러프그로스rough-gross지도 있다. 이 역시 대부분 가격대가 높게 형성되어 있다. 그런데 이런 종이들이 과연 그 비용을 감수할 만큼의 가치와 효과를 낼 수 있을까?

그 판단은 언제나 그렇듯이 옳고 그름의 문제는 아니라고 생각한다. 긍정이냐 부정이냐 대답 또한 전적으로 각자의 판단과 의미 부여에 따라 달라질 것이다. 과연 종이에 맞춰 예산을 더 확보할 것이냐, 아니면 정해진 예산에 맞춰 종이를 고를 것이냐. 때로 욕망을 실현하려고 현실 조건을 타개하는 과정도, 그 반대로 현실 조건에 맞춰 욕망을 조정하는 과정도 살아가는 데 모두 필요하다. 잡지를 만드는 일도 별반 다르지 않다.

부드럽게, 천천히, 오래

요스트 호훌리◎가 만든 책은 판형도 크지 않고 두껍지도 않으며 무겁지도 않았다. 펴 보면 실로 묶어 튼튼했지만 작고 얇고 가벼워 보이는 첫인상 때문에 책을 향해 뻗은 손에 힘을 빼게 된다. 조심스러운 마음으로 힘을 빼고 속도를 늦추자 손길은 한없이 부드러워진다. 그렇게 부드럽고 촉촉한 책의 물성은 딱딱하고 성마른 나의 손길과 눈길을 차분하게 타이른다. 책을 부드럽게 쥐고 페이지를 천천히 넘기자 그동안 책을 얼마나 덥석 쥐고 또 페이지를 얼마나 빨리빨리 넘겼는지 깨닫게 된다. 부드럽게 또 천천히, 그렇게 불필요한 힘을 빼고 페이지를 넘기니 꽤 우아한 동작이 되는 것 같다. 그렇다면 덥석, 또 빨리빨리, 페이지를 넘기던 습관은 또 얼마나 천박한 느낌이었던 건가. 어디 책에만 해당되는 이야기일까.

몇 해 전 스코틀랜드에서 한 달 정도 머무른 적이 있다. 처음 그곳에 도착해 공항의 화장실에서 놀랐던 점은 '세면대의 물'이었다. 버튼을 누르면 일정한 시간 동안 물이 나오는 방식의 세면대는 한국에서도 자주 접했다. 다만, 다른 점은 물이 나오는 시간이었다. 한국에서는 버튼 한 번 누르고 손 적시고, 또 한 번 누르고 비누칠하고, 또 한 번 누르고 헹구고. 최소 세 번 이상은 눌러야 손 씻기를 마칠 수 있었다. 그런데 스코틀랜드에서는 한 번만 누르고도 적시고, 비누칠하고, 헹굴 수 있었다. 어딜 가나 버튼식 수도꼭지라면 한 번에 보통 1분 가량 물이 나왔던 것 같다. 다 씻었는데 물이 계속 나올 때도 많았다.

◎   스위스 출신의 그래픽 디자이너이자 타이포그래퍼. 섬세하고 아름다운 북디자인으로 정평이 나 있다.

길어야 10초쯤 물이 나오는 한국식 버튼에 길든 탓이다. 물이 나오는 시간과 속도에 맞춰 나도 모르게 후다닥 손을 씻었던 것이다.

우습게 들릴 수도 있지만, 1분 넘게 나오는 물에서 천천히 손을 씻으면 꽤 우아한 동작이 된다. 물론 그 시간 동안 물이 버려지는 것은, 경제적인 관점에선 비효율적이고 낭비라고 할 수도 있겠다. 하지만 가만히 생각해 보면, 1분가량 물이 나온다는 것은 손을 씻는데 최소 1분은 필요하다는 인식이 깔린 것일 테고, 이러한 계산은 화장실 가는 데 필요한 시간, 휴식에 필요한 시간, 휴가에 필요한 시간 등 생활을 구성하는 시간과 속도를 정하는 데에도 적용되지 않을까 싶었다.

그 최소 시간을 계산하는 삶의 속도가 내심 부러웠다. 그동안 우리는 손만 후다닥 씻고 살았을까.

요스트 호흘리의 책에 담긴 내용은 물성만큼이나 부드럽게, 또 천천히 봐야 했다. 동네의 조약돌, 동네의 낙엽들, 동네의 새들이 떨어뜨린 깃털들…… 작고 사소하지만 그가 살고 있는 동네를 이루는 것들, 덥석 빨리빨리 넘겨서는 결코 제대로 볼 수 없는 소중한 존재들이 책 안에 담겨 있었다. 그렇게 물성도 내용도 우아한 책을 바라보며, 어쩌면 책이란 원래 인간이 가장 천천히 오래 기억하고 싶은 것을 담으려고 만들기 시작한 물건은 아닐까 생각해 보게 되었다. 한 나라의 수준을 알려면 출판과 건축을 살펴보라는 이야기를 들은 적이 있다. 그 이유를 출판과 건축 분야에 한 나라의 문화와 기술이 집약되어 있기 때문일 거라고 짐작하곤 했다. 하지만 어쩌면 그보다 책과 집을 만드는 과정에 그 나라마다 지향하는 삶의 속도가 반영되기 때문은 아닐까.

언제나 마감에 쫓기며 후다닥 잡지를 만들고, 후다닥 손을
씻었던 내가 온전히 머물 수 없었던 어떤 속도와 마주하며 책의
원형과 삶의 근본에 관해서 처음으로 생각했던 순간이었다.

.

감리를 가자

잡지를 만들며 가장 의기양양한 기분이 들 때는 인쇄소에 데이터를 업로드한 후이다. 기어이 잡지 한 권을 또 완성했다는 뿌듯함이 밀려온다. 그러나 이 기분은 그리 오래 지속되지 않는다. 의기양양함은 인쇄 감리에서 자괴감으로 바뀌기 때문이다. 이건 내가 모니터에서 봤던 색이 아니야. 내가 원하는 만큼 종이의 발색이 올라오지 않는데. 청을 더 올려달라고 할까, 하지만 기장은 이만하면 잘 나온 거라고 별 소용없다는 듯 야속하게 말한다. 빨리 가죠. 내가 색을 잘못 본 걸까, 종이를 잘못 골랐나, 지난 호 인쇄하셨던 기장님이 더 친절하신 것 같은데, 하는 옹졸한 기분이 자괴감을 부추긴다.

　편집자든 디자이너든 인쇄 감리를 가면 현타의 시공간에 접속할 수밖에 없다. 모니터에서만 영접했던 완벽한 이데아는 결코 인쇄소에 재림하지 않기 때문이다. 언제나 두려움과 걱정이 앞설 수밖에 없는 감리이지만, 그렇다고 기피해서는 안 된다. 왜냐하면 감리를 하지 않고, 나중에 책이 출간되어 결과물을 보면 더 충격을 받기 때문이다. 어쩌면 인쇄 감리란 내가 기대하고 예상했던 이상적인 결과물과 실제 결과물 간의 격차에서 오는 충격을 완화하는 과정일지도 모른다. 그리고 한편으로 그 격차는 당연한 일이기도 하다. 근본적으로 인쇄기의 네 가지 잉크(CMYK)와 납작한 종이는 모니터에서 봤던 풍부하고 깊은 색을 그대로 재현할 수 없기 때문이다. 이상과 현실 사이의 늪에 빠지면 그 격차를 어떻게 줄일 수 있을까? 그토록 탐나는 인쇄빨은 어떻게 실현되는가? 인쇄빨을 위해서는 기계빨, 종이빨, 기장빨, 데이터빨이 필요하다. 물론 과학적이고 객관적인 근거가 있는 건 아니다. 인쇄소에서 몇 차례 유독 고됐던 감리 과정을 겪으며, 또 여러 다양하게 망했던 결과물을 얻은 후 내 손에 남게 된 비과학적이고 주관적인 데이터일 뿐이다.

먼저, 기계빨. 『보스토크 매거진』의 창간호를 만들 때 파주에 있는 인쇄소를 물색했다. 결과적으로 가장 단가가 싼 곳으로 정했다. 그곳은 스마트폰이나 화장품 등의 제품

케이스와 패키지가 전문이었고, 도서용 인쇄기는 기계 대수도 적고 연식이 오래되었다. 인쇄 감리를 갈 때마다 인쇄기가 고장 나는 일이 부지기수였고, 수리하는 데 두세 시간씩 걸리곤 했다. 전체적으로 컬러 밸런스를 맞추기가 어려웠고, 인쇄 대수◎마다 색감이 균일하지 않았다. 무엇보다 치명적인 건 용지 주변부에 포커스가 나가거나◉ 인쇄기가 돌아가는 동안 포커스가 들쭉날쭉했다. 사진가가 선명하게 촬영한 사진인데, 인쇄 과정에서 포커스가 나간다면 사진 잡지로서는 꽤 치명적일 수밖에 없다.

다음으로, 종이빨. 가장 단가가 싼 인쇄소를 골랐듯이, 종이를 선택할 때도 가성비가 우선이었다. 그래서 교과서에서도 자주 쓰이는 MFC◉ 계열의 용지를 사용했다. 모조지보다는 훨씬 인쇄적성이 우수했지만, 사진 잡지에 수록

◎　인쇄기는 국전지(939×636mm)나 46전지(1091×788mm) 등 커다란 용지 위에 판형에 따라 여러 페이지를 한꺼번에 배치해 인쇄한다. 이때 인쇄기에 들어가는 1매의 종이 양면에 찍히는 것을 '대수'라고 한다. 가령 신국판(152×225m) 판형의 책은 국전지에 양면 32페이지를 인쇄할 수 있고, 이를 1대수로 계산한다. 만약 신국판 320페이지 책자를 인쇄하면 인쇄 대수는 10대가 된다.

◉　특히 검은색을 배경에 깔고 글씨를 흰색으로 처리할 경우 포커스가 잘 맞았는지 확인해야 한다. 포커스가 맞지 않으면 CMYK 차례로 도포되는 잉크의 위치가 어긋나면서 흰색 글씨 테두리에 파란색이나 빨간색 또는 노란색이 나타난다. 인쇄 감리 시에는 색 균형을 확인하면서 동시에 용지 골고루 포커스가 잘 맞았는지 네 귀퉁이를 꼼꼼하게 확인해야 한다.

◉　도공지보다는 미량의 코팅 처리를 한 종이로 백상지보다 색상 표현력이 더 좋다. 약간의 광택이 돌고 러프그로스 계열의 용지보다는 훨씬 저렴하다.

된 정교한 이미지를 다루기에는 재현력이 좀 아쉬웠다. 특히 암부에서 희끗희끗한 얼룩이 가장 눈에 거슬렸고, 전반적으로 색도 좀 탁한 느낌이라 고민이 될 수밖에 없었다. 그러다 어느 제지사의 용지 후원을 받아 러프그로스 용지를 사용하게 되었는데, 신기할 정도로 고민거리가 싹 사라졌다. 처음으로 화사하고 선명한 느낌의 화보면을 얻은 만족스러움이란. 오래된 인쇄기의 단점을 커버하면서 어떤 색 잉크를 더 올려달라고 하지 않아도 되니 그만큼 감리 시간도 현저하게 줄었다. 이때 처음으로 인쇄 과정에서 종이의 위력을 느꼈다. 아마도 처음부터 고급지를 사용했다면 그 위력이 그렇게까지 강한지 체감하지 못했을 것이다. 이후로 이미지 퀄리티가 중요한 부분은 러프그로스 계열, 텍스트만 있는 부분은 모조 계열, 이미지와 텍스트가 함께 있는 부분은 MFC 계열로 종이를 적절하게 섞어 썼다.

이번에는 기장빨. 결국 인쇄소를 옮겼다. 비교적 새 기계가 있는 곳을 수소문했다. 듣자 하니 새 인쇄기를 구비한 지 2~3년밖에 되지 않았단다. 그곳에서 기계빨의 은혜를 입었다. 이전의 인쇄소에서 『보스토크 매거진』 전대수를 인쇄 감리하면 보통 10~12시간 넘게 걸렸지만 새로운 인쇄소에서는 6~7시간이면 충분했다. 색의 균형이 틀어지지 않았고, 무엇보다 인쇄기가 돌아가는 중간에 포커스가 나가는 일이 없었다. 고장이 나서 인쇄를 멈추는 답답한 경우도 없었다. 기계빨과 종이빨이 결합하니 인쇄 감리가 매우 수월했다. 그런데 신기하게도 어떤 기장을 만나면 다시 인쇄 감리가 고행이 되고, 결과물도 썩 만족스럽지 않았다. 이런 일이 반복되자 (미안하지만) 그 기장과의 작업은 피해달라고 인쇄소에 요청했다. 이렇게 기장과 뭔가 안 맞는 경우는 여러 이유가 있겠지만, 경험상 기준점의 차이가 결정적인 것 같다. 예를 들어 나는 좀 밝은 것 같아 먹을 더 올리고 싶은데, 기장은 전혀 밝지 않다고 느낄 때, 그 기준점의 격차는 잘 좁혀지지 않았기 때문이다.

마지막으로 데이터빨. 표지는 가능하면 최대한 밝고 화사한 사진으로 하는데, 그건 밝은 사진이 독자에게 긍정적인 느낌을 줄 수 있고, 또 어두운 사진은 인쇄하기 까다롭기 때문이다. 그런데 어떤 호에서 뒤표지에 매우 어두운 사진을 사용했다. 밤에 도시를 배경으로 건물들의 불빛을 찍은 흑백사진이라 새까맣게 인쇄되어야 사진의 느낌을 살릴 수 있었다. 하지만 표지를 최종적으로 결정하기 전에 이미 발주한 표지 용지는 검은색을 새까맣게 표현하는 데 유리하지 않았다. 매우 부드러운 촉감이 장점인 그 용지는 모든 색을 차분하게 가라앉혀 표현하는 편이었다. 표지 용지를 교체할 수 있는 상황이 아니니 그대로 진행할 수밖에 없었고, 걱정하면서 인쇄 감리를 하러 갔다. 아니나 다를까 검은색이 흐릿하고 멍청하게 나왔다. 먹을 계속 더 올려 봐도 별 소용이 없었다. 표지이기에 이대로 갈 수는 없는 노릇이었다. 어떻게 해야 할까? 표지 인쇄를 잠시 멈추고, 내지부터 인쇄해 달라고 부탁한 다음 디자이너에게 연락해 표지 데이터를 수정했다. 먹(K) 1도였던 표지에 청(C) 10퍼센트를 더해 2도 데이터(K+C)로 바꿔 CTP◎판을 다시 출력했다. 용지의 한계 때문에 매우 만족스러운 결과는 아니었지만, 최소한 검은색이 검은색답게 나와서 표지로 쓰는 데 문제는 없었다. 그 이후부터 어두운 흑백사진을 표지에 사용할 경우 표지 데이터를 먹 1도와 청을 10~20퍼센트 더한 2도로 두 가지 만들어 만약을 대비했다.

◎ 'Computer To Plate'의 약자로 옵셋 인쇄를 위한 인쇄판을 직접 프린트하는 출력기를 말한다. 편집 데이터를 필름으로 출력(CTF, Computer To Film)하는 것이 아니라 컴퓨터에서 바로 인쇄판을 출력해 공정이 간편하다. CTF에 비해 섬세한 농도의 차이를 구현할 수 있어 고급 인쇄에 적합하며, 필름을 만드는 공정이 줄어든 만큼 시간을 단축하고 비용이 절감된다. 하지만 CTP판은 재사용이 불가능해 중쇄를 할 때마다 다시 출력해야 한다.

그러면 제가 감리를 가서 뭘 보면 되나요 ?

색 균형 인쇄는 기본적으로 C(청) M(적) Y(황) K(흑),
네 가지 잉크의 조합으로 색을 재현한다. 그런데 색 균형
이 무너지면 원래 데이터보다 전체적으로 파랗게, 또는 붉
게 보이는 결과물이 나온다. 데이터상에서는 문제가 없어
도 이전 대수에서 파란색 계열의 이미지가 많았다면 인쇄
기에 청색 잉크가 잔존하게 되어 결과물이 전반적으로 파
랗게 보인다. 그럴 때 기장님께 "청이 많이 도는데요"라고
말씀드리면 인쇄기를 조정해 청색 잉크의 농도를 낮추거
나 인쇄기 롤러에 남은 청색 잉크를 닦거나 하면서 문제를
해결할 수 있다.

먹 농도 책에 실리는 이미지는 보통 중복되지 않고, 독자
입장에서는 대부분 처음 보는 이미지이기 때문에 색 균형
이 틀어졌다는 걸 인지하기 어렵다. 하지만 텍스트는 대개
모두 검정색이므로 책 처음부터 끝까지 검정색 농도가 들
쭉날쭉하면 티가 나고 눈에 거슬린다. 감리에서는 사진이
나 그림 등의 색만 보는 것이 아니라 텍스트가 전체적으로
일정한 농도의 먹으로 인쇄되는지도 확인해야 한다.

초점 가끔 어떤 책을 보면 검은색 바탕에 글씨를 흰색으로

인쇄했는데, 흰색 글씨 테두리에 다른 색이 살짝 겹쳐 보일 때가 있다. 네 가지 색의 잉크가 동일한 부분에 맞혀 검은색을 이뤄야 하는데, 인쇄기 초점이 나가면서 어떤 특정한 색이 어긋나 보이기 때문에 나타나는 현상이다. 용지가 클수록, 또 얇을수록 네 귀퉁이 주변부에 초점이 나갈 수 있기 때문에 용지 구석구석 모두 고르게 포커스가 맞춰졌는지 살펴야 한다. 또한 용지 뒷면을 인쇄할 때는 앞면에는 잉크가 맺힌 상태라 포커스가 더 잘 나갈 수도 있다.

흠집과 지분 인쇄되어 나온 결과물에 반복적으로 작은 티끌 같은 흠집이 나오면 CTP판에 스크래치가 생겼거나, 또는 지분 때문일 가능성이 높다. 지분은 종이를 인쇄 규격에 맞게 재단하면서 생기는 먼지를 말한다. 스크래치가 심하다면 CTP판을 재출력해야 하며, 지분이 너무 많아 인쇄 결과물이 지저분해지면 용지를 바꿔야 할 수도 있다.

인간 방지턱 인쇄소에서 이리저리 요리조리 살피고 확인해도 결국 감리자 역할의 핵심은 작업 속도가 과속되는 것을 조금 늦추는 방지턱이 아닐까. 하루에도 수많은 인쇄 의뢰건을 처리해야 하는 인쇄소와 기장은 기본적으로 각각의 작업을 최대한 빠른 시간 내에 마쳐야 한다. 그러다 보면 색 균형이 틀어져도, 핀이 나가거나 판에 스크래치가 생겨도 소화해야 하는 작업 물량 때문에 수정하지 않고 그대로 인쇄를 진행하기도 한다. 그럴 때 감리자의 역할은 문제를 수정하지 않은 채 그냥 넘어가지 않도록 브레이크를 거는 일이다. 인쇄소에서 기장과 줄다리기하듯 벌어지는 인쇄 감리에 관해 언급했던 어느 디자이너의 말이 폐부를 찌른다. '인쇄 감리란 어쩌면 그저 "너무 편하게 마음대로 찍진 말아 주세요"라는 부탁의 다른 형식일지도 모른다.'◎

◎　김형진, 「인쇄 (3)」, 『출판합니다』, 플랫폼 P, 2022, 40쪽.

인쇄소에서 뒤늦게 보이는 것들

아빠는 (잡지라고 하려다 못 알아들을 것 같아서) 책을 만들어.
그럼, 아빠 회사는 공장이야? 그렇지는 않아. 책은 공장에서
만드는 거 아니야? 다섯 살짜리 아이는 이해를 못 하겠다는
듯이 고개를 갸우뚱한다. 책상과 컴퓨터와 원고 뭉치들만 있는
사무실을 본다면 아이는 실망할까? 아무래도 아이는 자동차
공장 같은 걸 상상하는 것 같다. 다섯 살짜리 아이의 상상을 함께
따라가며 빨간색 버튼 하나를 누르면 로봇을 닮은 거대한 기계가
한꺼번에 수백 권의 책을 완성해 내놓는 장면을 떠올린다.
그 모습이 그저 틀렸다고만 할 수는 없을 것이다. 실제로 책은
공장에서 로봇만큼 거대한 기계에서 완성되기 때문이다.
어쩌다 보니 백 권이 넘는 잡지를 만들었지만, 언제나 그 사실을
인쇄소에 와서야 뒤늦게 실감한다. 종이 위에 인쇄하고
접지하고 재단하고 제본하고 코팅하고…… 이러한 제작
과정을 거쳐야 책은 비로소 몸을 얻어 세상에 나올 수 있다.
당연하게도 현실적인 제약과 물리적인 구속하에서 태어난
몸이란 모니터에서 계획하고 상상했던 것처럼 완벽할 수 없다.
인쇄소에서 종이 위에 나타나는 검은색 잉크는 모니터에서 봤던
퓨어 블랙처럼 새까맣지 않다. 16p 접지를 거치면 모니터에서
좁고 예리하게 잡아 놓은 여백과 면주는 어긋날 수밖에 없다.
모니터에서 시원했던 사진 펼침면도 무선 제본을 거치면 이미지
가운데 중요한 부분이 맞물려 보이지 않는다. 모니터에서
'누구에게나 그럴싸한 계획'이란 제작이라는 현실의 펀치를

맞기 전까지만 완벽하다. 그 당연한 사실을 감리에 와서야 미련하게 깨닫는다. 그렇다면 감리를 가는 의미는 나의 계획을 완벽하게 구현하기 위함보다는 내가 세운 계획의 허점을 확인하고 반성하며, 다음을 보완하는 과정에 있지 않을까.

지업사·재단집·제본집·코팅집·박집 등 크고 작은 업체들이 즐비한 골목을 지나 집채만 한 인쇄기가 있는 인쇄소에서 오토바이·용달차·지게차로 무언가 계속 옮겨지는 광경을 매번 처음 보듯이 넋 놓고 바라볼 때가 있다. 그제야 뒤늦게 책이 만들어지는 공정과 과정을 하나하나씩 연결하면서 숲 전체를 가늠하게 된다. 그 다양한 연결과 여러 연쇄로 이뤄지는 커다란 숲에서 나는 고작 몇 그루의 나무에만 집착하고 있었나 싶다. 책상에 앉아 모니터 안에서만 책의 숲을 상상하는 건 얼마나 교만한 짓일까.

창간 ○
준비 ○
기획 ○
편집 ○
제작 ○
출간 ●

보도 자료를 배포하고, 서점 미팅을 가고, 온라인과 SNS에서 홍보하고, 오프라인 행사를 열고…… 잡지가 출간된 이후에 해야 하는 업무들은 최대한 루틴하게 만들어 따로 생각하지 않아도 먼저 몸이 움직일 수 있도록 단련해 놓는 것이 좋다. 그렇지 않으면 마감 때문에 지쳐 버려서, 또는 이번 호가 왠지 미흡하고 마음에 들지 않아 넋을 놓게 되는 경우가 있기 때문이다. 편집자의 상태나 잡지의 완성도와 상관없이 규칙적으로 출간 소식을 최대한 알려야 한다. 그것이 세상에 처음 얼굴을 내민 잡지에 대한 최소한의 도리이기 때문이다. 미우나 고우나 이름을 자주 불러 주고 그 누구보다 내가 먼저 아껴 줘야 한다.

출고·배송 일정을 짜자

편집 마감을 하고 인쇄 감리까지 다녀오면 잠시 해야 할 일이 모두 끝난 듯한 착각에 빠진다. 하지만 "끝날 때까지 끝난 게 아니다." 인쇄 후 4~5일가량 건조·접지·재단·제본을 거쳐 완성될 잡지가 출간되기 전까지 처리해야 할 여러 사무가 있기 때문이다. 주로 세상에 나올 잡지를 유통·배송·홍보하는 데 필요한 준비 작업이다. 5일 후에 잡지가 출간된다는 가정하에 해야 할 일을 일정별로 정리해 보자.

D-5 참여자들에게 출간 안내

인쇄 감리 당일 또는 다음날 이번 호에 참여한 사진가들·필자들·인터뷰에 응해준 이들·취재에 도움을 준 이들·광고주들에게 메일이나 문자 연락을 한다. 참여해 줘서 고맙다는 인사와 함께 잡지가 언제 출간되고 받아 볼 수 있는지 안내한다. 잡지의 참여자라면 당연히 궁금해하는, 잡지 편집자라면 당연히 참여자들에게 안내해야 하는 사항이다. 이때 잡지를 받을 주소와 연락처 정보, 원고료를 지급해야 하는 경우에는 지급 정보 등을 묻기도 한다.

D-4 보도 자료 작성 및 미리 보기 자료 준비

대형 서점과 독립 서점 등에 보낼 텍스트 자료(보도 자료)와 시각 자료(미리 보기·표지·내지 목업)를 준비한다. 먼저 보도 자료에 포함될 주요 발췌문과 지면 등을 뽑고, 이를 미리 보기 자료로 만들 수 있도록 디자인을 의뢰한다. 잡지의 주요 이미지와 텍스트로 구성된 미리 보기 자료는 온라인 서점 웹페이지에서 스크롤하며 보는 사용자를 의식해 만든다. 보도 자료는 온라인 서점에서 책을 소개하는 구성(책 소개·책 속에서·출판사 서평) 순으로 작성한다. 구체적인 작성 요령은 다음에 자세히 살펴본다.

D-3 출고 물량 배분 및 배송 의뢰

인쇄 후 2~3일 정도가 지나면 인쇄소 담당자에게 연락해 제작 과정에 차질은 없는지 확인하고 예상되는 출고일을 문의한다. 그리고 초기 출고 물량을 배분(본사분·배송분·

창고분)해 본사·발송업체·물류창고에 각각 입고될 수 있도록 수량을 전달한다. 본사분은 편집부에서 보유해 검수하고 홍보할 때 사용하는 수량이고, 배송분은 출고되자마자 정기 구독자와 이번 호 참여자 등에게 바로 발송해야 하는 수량이다. 본사분과 배송분을 제외하고 남은 수량은 창고분으로 들어간다. 물류창고와 발송업체에 출간 일정을 공유하고, 발송업체에는 배송을 의뢰하며 발송 명단을 정리해 전달한다. 최소 출간일 2~3일 전에 발송 명단을 전달해야 업체가 포장재를 구입하고 포장 작업을 준비할 수 있다.

D-1 보도 자료 배포

출간 이틀 전까지 보도 자료 작성 및 미리 보기 자료 작업을 마친다. 그리고 출간 하루 전 오전 중에 대형 서점에 보도 자료와 미리 보기 자료 등을 배포한다. 대형 서점은 이 자료를 자신들의 DB에 등록하고, 웹사이트에 해당 책의 소개 페이지를 생성한다. 이 과정은 보통 반나절 정도 소요된다. 오후에는 각 대형 서점 웹페이지마다 책 정보가 제대로 올라갔는지 확인하고, 누락되거나 잘못 표기된 정보는 수정을 요청한다. 그리고 메일이나 통화로 각 대형 서점의 MD

와 초도 배본 물량과 출고 일정 등을 정한다.

D-0 출간 소식 홍보

출간일에는 출근하자마자 인쇄소에 연락해 잡지가 출고되는 시간을 파악하고, 물류창고와 발송업체에는 잡지가 몇 시쯤 입고되는지 알려 준다. 그리고 독립 서점에 보도 자료를 배포한다. 보도 자료 배포에 하루 정도 시차를 두는 이유는 대형 서점의 DB에 등록되는 데 시간이 걸리기 때문이다. DB에 등록되고 소개 페이지가 생성되어야 구매 링크를 얻을 수 있다. 온라인과 SNS 등에 출간 소식을 홍보할 때 이 링크가 있어야 실제 구매로 이어질 확률이 높아진다. 출간일에 맞춰 출간 소식을 전하며 구매 링크를 삽입하기 위해 대형 서점에는 미리 보도 자료를 배포해야 하는 것이다.

홈페이지·블로그·페이스북·인스타그램·트위터 등 모든 창구를 동원해 출간 소식을 전한다. 첫 포스팅에서는 표지 이미지와 참여자의 이름 중심으로 핵심 내용을 압축적으로 전달하는 데 주력해야 한다. 텍스트와 이미지가 너무 많고 복잡하다고 느껴지면 SNS에서 활발하게 공유되거나 전파되지 않기 때문이다.

이러한 일련의 과정과 처리해야 사항들은 결코 어려운 업무는 아니다. 하지만 타이밍을 놓치면 안 되기 때문에 최대한 효율적으로 몸에 익힐 필요가 있다. 어느 한 과정이나 업무를 놓치면 잡지를 출고하고 홍보하는 전체 일정이 꼬인다. 때로 발송 명단 정리하는 걸 놓쳤는데, 잡지는 벌써 발송업체에 도착해 있다. 그런가 하면 보도 자료를 아직 마무리 못했는데, 잡지는 이미 물류창고에 입고되기도 한다. 그렇게 되면 정기 구독자에게 배송되는 일정도, 서점에 배본되어 독자를 만나는 일정도 함께 지연된다. 독자와 약속한 출간일을 맞추려고 때로 밤을 새워 마감했던 노력이 헛수고가 되는 순간이다.

보도 자료를 쓰자

잡지에서는 단행본에 비하면 상대적으로 보도 자료를 열심히 쓰는 편이 아니다. 굳이 그럴 필요가 없기 때문이다. 전형적인 잡지라면 표지에 주요 기사의 헤드라인을 중요도에 따라 서체 크기를 달리해 표기한다. 표지가 이미 차례의 축소판으로 제시되기 때문에 표지만 봐도 대충 어떤 내용이 실려 있는지 파악할 수 있다. 또한 내용과 형식에서 일관성을 고수하면서 연속 간행물의 성격을 유지하는 잡지라면 매호 거의 변화가 없기 때문에 지난 호 보도 자료에서 고유명사와 그것을 꾸미는 수식어만 교체해도 무방할 정도이다. 게다가 상당수의 정기 구독자를 확보한 메이저 잡지라면 고정 독자를 지향하기 때문에 보도 자료가 거추장스러울 수도 있다. 이는 비유하자면 서로 만나서 밥도 먹고 술도 한 잔까지 기울이면서 친해졌는데, 다음에 다시 만날 때 또

초면처럼 통성명하는 것과 마찬가지인 셈이다.

　이와 달리 독립 출판의 형태로 발행되는 잡지가 등장하고, 또 원테마 큐레이션 콘셉트의 잡지가 많아지면서 보도 자료를 상세하게 열심히 쓰는 잡지가 점점 많아지고 있다. 이는 앞서 말한 내용과 반대로 고정 독자보다는 매호 주제에 따라 달라지는 새로운 독자를 지향하므로 매번 자신의 잡지를 소개하고 설명해야 하기 때문이다. 또한 매호 주제에 따라 내용과 형식이 크게 달라지고, 표지에도 주요 기사의 헤드라인을 표기하지 않는 형태라면 적극적으로 잡지를 소개하고 설명해야 한다. 한편, 전국적으로 서점의 잡지 매대에 진열될 수 있는 메이저 잡지가 아니라면 온라인 서점에서의 판매 의존도가 높을 수밖에 없는데, 그렇다면 온라인 소비자의 체류 시간을 높일 수 있는 책 소개 내용(보도 자료)과 미리 보기 자료 등이 중요하다.

　이러한 가운데 보도 자료를 대하는 잡지 편집자의 태도는 양쪽으로 갈린다. 최선을 다해 열심히 써야 한다는 입장 vs. 너무 힘들이지 말고 적당히 써야 한다는 입장으로 말이다. 우선 전자는 열심히 만든 책을 소개하는 보도 자료이니 성심성의껏 쓰는 것이 당연하다고 주장한다. 또 온라인 소비자 중에는 책 소개(보도 자료)를 꼼꼼하게 다 읽고 구매하는 독자가 있으므로 허투루 쓸 수 없다는 것이다. 한편 후자는 판매에 있어서 책 소개(보도 자료)가 결정적인 요소가 아니며 대세에 영향을 주지 않는다고 생각한다. 특히 잡지를 구매할 때 책 소개(보도 자료)를 다 보고 결정하는 경우가 얼마나 되겠느냐며, 문제가 되지 않을 정도로 적당히 쓰면 된다는 것이다. 과연 어느 쪽이 맞을까?

양쪽 모두 일리가 있다. 보도 자료를 꼼꼼하게 보고 그 내용 때문에 구매하는 독자가 있는가 하면, 표지만 보고 구매하는 독자도 있기 때문이다. 문제는 어느 쪽이 맞고 틀리냐보다 어느 쪽을 선택해도 보도 자료를 쓰기가 수월하지 않으리라는 점이다. 내가 참여해 만든 무엇을 스스로 쉽고 간결한 언어로 일목요연하게 설명하는 일은 생각보다 훨씬 어렵다. 또한 보도 자료를 써야 하는 시점이란 대개 편집자가 육체적으로 심리적으로 완전히 소진됐을 때이다. 그런 상황에서도 출간 일정에 맞춰 지체 없이 작성을 마쳐야 한다는 점에서 보도 자료의 곤혹스러움이 따른다. 성심껏 쓰고 싶어도, 적당히 쓰고 싶어도 이 곤혹스러움은 변함이 없다. 그렇다면 보도 자료 작성에 대한 의지나 태도보다 상황(출간 일정과 편집자의 남은 체력)에 맞춰 유연하게 대처하는 편이 더 중요하지 않을까. 상황만 괜찮다면 영혼을 갈아 넣어 쓰는 게 당연히 좋겠지만, 체력은 바닥이고 당장 내일이 출간이라면 영혼을 아껴 최대한 수습해야 할 때도 있다. 그럴 경우 성심껏 쓰지는 않았지만, 그렇다고 최소한의 성의까지 없는 보도 자료를 내놓지 않을 평정심과 테크닉이 필요하다.

가급적 기본적인 구성 요소는 지키자

신간 보도 자료는 보통 다음과 같은 정보로 구성된다. 서지 정보(판형·분량·ISBN·분야 등)·책 소개·출판사 서평·책 속에서(주요 발췌문)·차례 등이다. 이러한 정보가 가장 충실하게 활용되는 곳은 온라인 서점의 도서 소개 및 구매 페이지이다. 보도 자료 쓰는 게 막막할 때는 (시간적 여유가 있다면) 온라인 서점에서 다른 출판사는 보도 자료를 어떻게 쓰는지 살펴보는 것도 큰 도움이 된다. 아무리 보도 자료를 특별하게 쓰고 싶은 의지가 있다고 해도 일반적인 보도 자료가 갖추고 있는 기본 정보와 기본적인 구성 요소는 그대로 지키는 편이 좋다. 그래야 보도 자료로서의 호환성과 활용도가 높기 때문이다. 한편 최종 교정을 보면서 주요 발췌문을 미리 뽑아 놓으면 보도 자료를 쓸 때 한결 수월하다.

간결하되 친절하게 쓰자

정보 전달을 위한 실용적인 글일수록 육하원칙에 따라 문장을 간결하게 쓰는 편이 유리하다. 보도 자료라면 더욱 그렇다. 내용의 핵심을 빠르고 쉽게 전달하려면 긴 문장보다는 짧은 문장이 효과적이다. 특히 정보 소비에서 모바일의 비중이 점점 높아질수록 사람들은 스마트폰이나 SNS에서 나타나는 글줄의 최대 길이에 익숙해진다. 책에서라면 그다지 길지 않는 문장도 상대적으로 스마트폰과 SNS에서 장문이 되는 셈이다. 많은 사람이 스마트폰으로 온라인 서점에 접속하고 책 소개를 읽는다는 사실을 의식하고 문장을 짧게 써야 한다. 한편 문어체보다는 부드러운 느낌의 구어체가 책을 친절하게 설명하는 듯한 느낌을 줄 수 있다. 이를 극대화하려면 어미를 존댓말로 쓰는 방법도 고민해 볼수 있다. 아무래도 존댓말로 쓰면 청자를 더욱 의식하게 된다. (하지만 존댓말로 보도 자료를 써서 보내도 어떤 온라인 서점에서는 평어체로 바꿔서 책 소개 페이지에 올리기도 한다.)

나열식은 최대한 피하자

잡지의 보도 자료를 쓰다 보면 자연스럽게 나열식으로 흐르기 십상이다. 나도 모르게 모든 꼭지를 설명하게 되고, 모든 참여자를 소개하게 된다. 한 꼭지라도 건너뛰면 큰일 날 것 같고, 한 명의 참여자라도 빼먹으면 그 사람이 서운해할 것 같은 느낌이 들기 때문이다. 실제로 모든 꼭지와 참여자를 하나도 빠짐없이 언급하는 잡지의 보도 자료를 접할 때가 종종 있다. 하지만 이런 식의 나열식 보도 자료야말로 독자 입장에서는 가장 지루한 읽을거리일 수밖에 없다. 나열식이 되지 않도록 주의하면서 최대한 중요한 꼭지를 선별해 소개하고, 주목할 만한 참여자들 중심으로 보도 자료를 정리하는 습관을 기르자. 최대한 핵심 위주로 작성하고 그 핵심이 직접적으로 드러나는 중간 제목을 덧붙이면 보도 자료가 더욱 선명하게 읽힐 수 있다.

수식어를 조심하자

보도 자료를 쓸 때 명확하지 않은 수식어를 습관적으로 붙이는 것을 조심해야 한다. 특히 '최초·최고·최다·역대' 등등 역사적 근거나 사실 확인이 필요한 수식어는 함부로 사용하지 않는 것이 좋다. 누가 그런 걸 일일이 따지겠느냐 생각할 수도 있겠지만, 근거가 충분치 않은 수식어는 금세 들통나고 지적받을 수 있다. 이러한 오류는 보도 자료의 신뢰도를 급격하게 떨어뜨린다. 또한 이러한 수식어가 지나치게 과시하는 것처럼 느껴지면 호감을 얻기 어렵기 때문에 적절하게 사용해야 한다. 생산자에게만 의미가 있고, 소비자에게는 의미값이 없는 수식어도 자제하는 편이 좋다. 가령 '올해로 등단 13년 차'라든가 '우리 출판사의 열네 번째 신간'처럼 당사자만 헤아리는 수치나 의미 등을 굳이 밝히는 것이 그에 해당한다. 이러한 내용은 독자에게 유의미한 정보가 되기 어렵다.

마감과 마감 사이

글과 글 사이에서 실리면 좋을 문장과 실리면 안 될 문장을
찾아낸다. 사진과 사진 사이에서 실리면 좋을 장면과 실리면
안 될 장면을 골라낸다. 세상이 온통 위태로운 절망으로
아우성쳐도 나는 글과 사진에 둘러싸여 안온하고 안락한 마감의
나날을 보냈다.

물론 시간과 다투며 잠과 실랑이를 벌이는 마감 기간에는
온 신경이 날카롭게 곤두서곤 한다. 그러나 마감 밖의 세상은,
마감 이후의 현실은 더욱 메마르고 위험하다. 나는 그저 잠을
줄인 시간을 밑천 삼아 글을 다듬고 사진을 매만지면 그만이다.
몸이 고되지만 마감은 글과 사진만 존재하는 세상에서 스스로를
격리시킬 수 있다는 점에서 편리하다. 내키지 않는 용무들을,
감당하기 싫은 일과를 미루고 또 미룰 수 있다는 장점도 있다.
세상만사를 모두 마감 이후에 하겠다고 벼르는 무책임한 다짐은
당장의 고통마저도 진정시킨다.

한동안 그렇게 살아왔다. 태어날 아이의 예정일을 듣는 순간에도
마감 이후라 안심했고, 아이의 예방접종도 어머니에게 안부
묻기도 모두 마감 이후로 미루곤 했다. 아버지와 형의 장례식을
치르고 돌아와서도 어김없이 마감을 했다. 사람이 죽고 나니
그렇게 글과 사진이 하찮은 버러지처럼 보일 수가 없었다.
그렇지만 전염성이 강했던 슬픔과 근심 걱정마저도 글과
사진으로만 둘러싸인 세계에서 멸균되곤 했다.

고백하자면, 나는 나도 모르는 사이에 마감에 중독된

인간이었다. 보기 싫은 세상과 멀리 떨어져 마감을 치르면, 또 한고비를 넘기면 '우리 세상'이 또 한 권 펼쳐졌다. 그렇게 '우리 잡지'를 만든다는 생각에 한 달에 절반 넘게 스스로 야근을 했던 시절도 있다. 그때는 인쇄 감리를 보는 인쇄소에서 다음 호 기획 회의를 했었다. 그러나 당시 발행인은 그렇게 만든 잡지를 별로 탐탁지 않게 여겼다. 발행인이 주문한 '전면 개편'과 편집장으로서 주도한 '전면 개편' 사이에 극심한 격차가 존재했던 탓이다. 새롭게 바뀐 잡지는 독자에게 제법 좋은 반응을 얻었지만, 발행인과 생각의 차이를 좁힐 수 없게 되자 그 잡지에서는 더 이상 마감을 할 수 없었다. 부당 해고에 가까운 일을 겪고, 그 회사를 그만두며 '우리 잡지'를 만든다는 생각이 착각이었다는 사실을 실감하며 자괴감에 시달려야만 했다. 아무리 시간과 정을 쌓았던 '우리 집'도 계약 기간이 만료되면, 결국 그 집의 주인이 따로 있다는 사실을 깨닫는 일과 마찬가지로.

어느 날 갑자기 잡지가 사라질지도 모른다는 생각보다, 이렇게 마감을 반복해도 끝내 잡지의 주인은 내가 아니라는 생각이 들면 입안이 씁쓸해진다. 자정을 넘겨 퇴근하면서 교정지를 가방에 넣어야 하는 날에는 그런 외로움이 내 마음의 꼬리를 물고 놓아 주지 않는다.

그럴 때면, 이상하게도 병에 편지를 넣어 바다에 띄우는 일을 떠올리게 된다. 망망대해에서 기약 없이 파도에 흔들리는 병 속의 편지가 머릿속에 그려진다. 그 편지는 파도를 헤치고 어딘가에 가닿을 수 있을까, 그 여정은 편지를 띄운 주인을 찾는 일이 아니라, 결국 편지를 읽어 줄 주인을 찾는 일이지 않을까. 어쩌면 갑자기 사라지는 것보다, 온전한 주인이 될 수 없는 것보다 더 외로운 건, 끝내 어느 누군가에게 가닿지 못하는 일, 그것이 무서워 더 이상 바다로 나서지 않은 일인지 모른다고 생각해 본다.

오늘도 야근을 마치고 집으로 돌아가는 길에 결코 사라지지 않는 외로운 불안과 파도 속에서 흔들리는 병 속의 편지 이미지가 꼬리에 꼬리를 문다. 퇴근길의 불투명한 어둠 속에서도 누군가에게 가닿기를 바라는 마음만은 투명하다.

서점 미팅을 가자

잡지와 책은 지금의 세계에서 아주 드물게 평등한 물건이다. 어쩌면 출판물은 자본주의 경제체제에서 '명품'이나 '프리미엄 브랜드'라는 개념이 성립하지 않는 거의 유일한 상품일지도 모른다. 물론 저자의 명성이 뛰어나고 저자 이름이 곧 베스트셀러 브랜드인 경우도 있지만, 그렇다고 그 출판물이 다른 출판물보다 더 비싼 것은 아니다. 그만큼 출판물은 비교적 가격대가 일정한 범위 안에서 균일하게 형성되어 있다. 그런 연유로 일정한 소득이 있는 사람이라면 단지 비싼 가격 때문에 책을 사 보지 못하는 경우는 거의 없다. 돈이 없으면 공공 도서관에서 책을 빌려 볼 수 있다.

출판물은 1인 출판사에서 나온 것이든 대형 출판사에서 나온 것이든 서점에서 상품 대 상품으로 경쟁할 수 있다. 물론 대형 출판사에서는 마케팅과 홍보에서 물량 공세가

가능하지만, 그렇다고 해도 대기업과 재벌이 존재하는 다른 상품에 비하면 미미한 수준이다. 텔레비전 광고도 없고 전속 모델도 없는 출판 업계에서는 1인 출판사의 책이 정말 말 그대로 '입소문'에 힘입어 베스트셀러 1위에 등극하는 경우가 (매우 드물게) 있다. 출판은 분명 사양산업이지만, 혼자서 만든 상품도 시장에서 유의미한 반응을 끌어낼 수 있다는 측면에서 이 업계는 자본주의 사회에서 드물게 기회의 평등과 그 가능성이 존재하는 곳이기도 하다.

어쩌면 슬프고도 웃긴 이야기가 될지도 모르겠지만, 책과 출판의 '평등'에 관해서 조금 다른 방향으로 생각하게 되는 계기가 있다. 그건 바로 대형 서점의 MD 미팅이다. 출판사 관계자들은 갓 나온 신간과 보도 자료를 들고 모두 파주의 어느 대형 서점에 모여든다. 그리고 신간이 해당되는 분야의 MD 미팅을 기다린다. 그들은 대부분 이곳에 여러 번 왔을 텐데도 모두 처음 온 것처럼 긴장된 모습이 역력하다. 초조하고 불안한 눈빛이 서로 마주치면 소속 회사의 경계를 넘어 묘한 동료 의식을 느끼게 된다. 그렇다. 대형 출판사에서 나왔든 소형 출판사에서 나왔든 출판사 관계자들은 모두 평등하게 MD 미팅 앞에서는 작아진다.

MD는 수많은 환자를 진료하는 의사처럼 기계적으

로 빠르게 신간과 보도 자료를 훑어보고 정확한 진단(주문량)을 내린다. 악! 벌써 끝났나요? 수많은 응급환자를 다룬 의사처럼 MD는 나의 작은 비명 따위에는 아랑곳하지 않는다. MD의 손에는 분야별 판매 데이터가 있고, 그는 그 숫자에 의지해 진단을 내린다. 아무리 신간이 예쁘게 나왔다고 해도 아무리 심혈을 기울여 보도 자료를 썼다고 해도 근본적으로 과학적인 데이터를 뒤집지는 못한다. MD 미팅을 끝낸 이들은 허탈한 표정을 감추지 못한다. 신간이 잘 나왔다는 자체적인 의기양양함도 모두 사라진다.

실제로 어떤 이들은 몇 번의 MD 미팅을 통해 깊은 상처를 입기도 하고, 그래서 더 이상 MD 미팅을 가지 않기도 한다. 특히 1인 출판으로 예술 분야의 책을 만든다면 더 깊은 상처를 입을지도 모른다. 하지만 그건 꼭 MD의 냉정한 태도 때문만은 아니다. 근본적으로는 1인 출판과 예술 분야의 시장성이 매우 좁기 때문이며, 또 책을 만들면서도 그 시장성을 한 번도 정확하게 인지한 적이 없기 때문이다. 책을 만들 때는 작품으로 여길 수도 있지만, 세상에 나오면 결국 상품으로 유통된다. 자신이 만드는 책의 상품성을 진단하는 데 MD 미팅만큼 정확한 것은 없다. MD 미팅을 해 보지 않고, 나중에 내가 만든 책은 왜 이렇게 안 팔리나 고민에 시달리는 것보다는 한 번쯤 정확한 진단을 받아 보는 편이 좋다. 하지만 남들보다 예민하고 섬세해서 깊은 상처를 받는 타입이라면 굳이 MD 미팅을 권하고 싶지는 않다. 때로 자괴감에 빠지게 되어 책을 만드는 데 지장을 받을 수도 있기 때문이다.

대형 서점의 MD 미팅이 선뜻 내키지 않는다면, 그보다 작은 서점의 오프라인 매장에 가서 판매 담당자를 만나 인사라도 나눠 보자. 그들에게 책을 소개하고 반응은 어떤지 살펴보는 것도, 그들에게 실제로 소비자들이 어떻게 반응하는지 이야기를 듣는 것도 꽤 유용하다. 자주 찾아가고 책을 잘 어필하면, 판매 담당자는 매대에서 좋은 자리를 마련해 주기도 한다. 매대의 어떤 자리에 책이 있는지에 따라 판매량은 유의미하게 달라진다. 무엇보다 실제 서점에서 내가 만든 책이 어떤 매대에 놓이게 되고, 그 주변에는 어떤 책들이 있는지 눈으로 확인하는 과정도 중요하다. 내가 만든 책의 위치를 좀 더 객관적으로 파악할 수 있고, 그 매대에서 내가 만든 책이 좀 더 눈에 띄거나 매력적으로 보이려면 어떻게 해야 할지 구체적으로 궁리하게 되기 때문이다.

출간 행사를 하자

새 책이 나오면 서점에 가서 자신의 책을 집어서 읽는 독자가 나올 때까지 기다리며 지켜본다는 어떤 소설가의 이야기를 들은 적이 있다. 새로운 전시를 열면 도슨트 프로그램에 몰래 참여해 자신의 작품에 관해서 어떤 이야기를 하는지 들어 본다는 사진가를 알고 있다. 소설가도 사진가도 자신이 만든 창작물이 다른 사람들에게 어떻게 가닿는지 궁금한 것이다. 또한 창작물을 만들며 머릿속에 한 번쯤 그려 본 가상의 독자나 관객은 실제로 어떤 모습인지도 확인하고 싶은 것이다.

마찬가지로 잡지가 세상에 나오면 잡지를 만든 편집자들도 실제 독자를 만나 잡지에 관해 이야기를 나누며, 그 내용이나 형식이 유의미하게 전달될 수 있는지 확인할 필요가 있다. 무엇보다 잡지가 됐든 단행본이 됐든, 출간 행사는 환대의 자리이다. 세상에 나온 출판물을 환영하고, 출판물을 만든 이와 출판물을 읽을 이들이 서로를 격려하는 자리인 것이다.

단행본의 출간 행사는 오랜 시간 집필에 전념한 필자의 노고와 그 결과물을 공식적으로 기념하는 성격이 강하다. 또한 출판사는 출간 행사를 통해 단행본을 홍보하고, 저자와 독자가 만날 수 있도록 주선한다. 이러한 단행본 출간 행사는 일반적이지만 잡지의 경우는 그렇지 않다. 무엇보다 단행본과 달리 주기적으로 또 반복적으로 나오는 잡지에서는 단행본만큼 출간의 의미가 크지 않기 때문일 것이다. 또한 잡지의 발행 주기가 격월간 이상으로 길지 않다면 매달 출간 행사를 열게 되는 셈인데, 행사 준비가 또 하나의 업무 부담이 될 수밖에 없다.

하지만 출간 때마다 행사를 열 필요는 없다. 1년에 2~3회 정도 무리가 되지 않는 선에서 행사 횟수를 정해서 진행하면 된다. 게다가 팬데믹 이후부터는 모든 사람이 온라인 행사에 익숙해졌기 때문에 오프라인 행사 준비가 부담된다면 인스타그램 라이브나 줌 미팅 등을 활용해도 된다. 인스타그램 라이브는 실시간 생방송인데, 인스타그램 유저라면 수시로 접속하기 편리하고 따로 신청자를 받지 않아도 된다. 다만 행사에 처음부터 끝까지 참여하기보다는 수시로 접속해 짧게 보고 빠지는 참여자가 많고, 최대 1시간 동안만 라이브 방송을 진행할 수 있다. 이와 달리 줌 미팅을 활용하려면 사전에 신청자를 받고, 줌 미팅 링크를 보내 줘야 한다. 이러한 부분이 상대적으로 불편할 수도 있지만, 신청자만 링크를 공유하는 방식이라 좀 더 프라이빗한 행사에 초대되는 듯한 느낌을 줄 수도 있다. 그리고 링크를 통해 접속한 신청자들은 대개 처음부터 끝까지 참여하기 때문에 좀 더 집중력 있게 이야기를 진행할 수 있다. 각 온라인 플랫폼의 장단점을 파악하고 행사 성격을 고려해서 선택하면 된다.

온라인 행사에 비하면 오프라인 행사는 여러모로 더 많은 준비가 필요하다. 공간도 섭외해야 하고, 공간 규모에 맞게 신청자도 받아야 하고, 행사 당일에 문제가 생기지 않게 음향 시설이나 좌석 컨디션 등을 신경 써야 한다. 그리고 행사장에서 판매할 수 있도록 신간을 여유 있게 준비하고, 카드 결제나 거스름돈도 챙겨야 한다. 장소는 출간 행사나 출판사에 대관료를 할인해 주는 곳을 중심으로 물색해야 비용을 절감할 수 있으니, 평소에 그런 공간의 정보를 알아두자. 그리고 요즘은 음료를 제공하고 소정의 참가비를 받는 형태의 출간 행사가 일반화되고 있는데, 이렇게 진행하면 노쇼가 줄어드는 효과도 있으니 참고할 만하다.

이처럼 오프라인에서 독자를 초대하고 응대해야 하는 행사는 더 많은 수고가 필요하지만, 내가 만든 잡지를 이미 꽤 좋아하고 있거나 앞으로 좋아할 가능성이 큰 독자들이 출간 행사를 통해 한자리에 모였으므로 그만큼 온라인에 비해 독자들과 긍정적인 에너지를 더 원활하게 나눌 수 있다. 그들이 보내 주는 온정의 눈빛은 정신없이 잡지를 만들며 소진될 수밖에 없었던 내 안의 무언가를 오롯이 채워 준다. 그들이 건네는 잡지에 관한 사소한 이야기들은 매번 잡지를 반복적으로 또 기계적으로 만들며 쉽게 잊거나 무심코 지나쳤던 어떤 가치를 다시 일깨워 주기도 한다.

무엇보다 잡지를 만들 때 머릿속에 유니콘처럼 미지의 존재였던 가상의 독자를 그리기보다 행사에서 서로 눈빛을 나누고 목소리에 귀를 기울이는 독자 ○○○ 씨를 떠올리는 게 훨씬 더 근사하다. 그러면 매번 현타에 빠지게 되는, 이 터무니없이 과도한 편집 노동도 조금은 견딜 만하다. 나의 편집 노동이 결국 독자 ○○○ 씨에게 가닿기 위한 것임을 새삼 깨닫게 되니까. 그에게 가닿으려고 편집 노동을 견뎠던 나는 제법 잡지 만드는 일을 좋아한다는 사실도 알게 된다. 그러면 과연 다음 호를 낼 수 있을까, 과연 이번 잡지는 언제까지 나올 수 있을까 싶은 어두운 불안 속에서도 살짝 안심이 찾아온다. 누군가에게 가닿을 수 있다면 아직은 괜찮다, 라고 스스로에게 조금은 밝은 목소리로 속삭이게 된다.

상(賞)과 상(喪) 사이에서

가끔 텔레비전에서 시상식을 구경하다 보면 나도 모르게
마음이 삐뚤어질 때가 있다. 뭐가 저렇게 기쁠까, 또
뭐 저렇게 대단할까. 딱히 왜 주는지, 왜 받는지 모르겠다고
느껴질 때 상이란 그다지 명확한 근거나 명분이 없는 것은
아닐까 생각했다. 하지만 어떤 글에서 일본의 영화감독 구로사와
아키라의 이야기를 읽고서는 생각이 바뀌었다.

"영화는 상과 관계없는 것입니다. 하지만 젊은 나에게는
그 상이 필요했습니다. 그건 내가 틀리지 않았다는 격려 같은
것이었습니다. 그러니까, 상은 영화가 아니라 그것을 만드는
사람에게 필요한 것입니다."

어떤 상이든 정확한 평가와 공정한 권위를 기대하게 되지만,
상의 본질은 구로사와의 말처럼 '격려'에서 비롯되었을 것이다.
같은 일을 하는 사람들이 모인 동네에서 그동안 잘해 왔다고,
그러니 그만두지 말고 더 해 보라고.
그렇게 상에 담긴 격려하는 마음을 떠올려 보면서 혹시 잡지의
역할도 마찬가지가 아닐까 생각했다. 실제로 그런 사례가
있다. 사진 작업을 그만두려고 마음먹었는데, 공교롭게도
사진 잡지에 소개되어 주목받으면서 다시 작업을 이어 나간
사진가를 몇몇 알고 있다. 시간을 거슬러 이야기해 보자면,
1970~1980년대에는 여러 다양한 사보◎들이 발행되었고,

◎   회사에서 내는 정기 간행물.

이를 기반으로 활동하는 사진가들도 꽤 많았다. 당시에는 회사 내부의 소식을 다루는 사내보◎뿐만 아니라 사외보◉ 발행이 유행처럼 번졌다. 경제가 급성장하던 시기라 자본도 풍부했던 시기이지만, 경제성장으로 잃어버린 한국의 정체성을 재발견해야 한다는 인식도 생겨났던 시기였기 때문이다. 그 자본과 인식이 사외보에도 연결되었고, 그 결과로 한국의 전통문화에 관해서 취재하는 기획이나 장기 프로젝트도 늘어났다.

여기에 당연히 사진이 필요했고, 당연히 많은 사진가들이 의뢰를 받아 사진을 찍었다. 그들은 안동 하회마을이나 강원도 오지 등으로 사진 취재를 떠났고, '한국적'이라 여긴 풍경과 군상을 카메라로 기록했다. 이를 통해 사진가들은 생활을 유지했고, 또 한편으로는 앞으로 계속할 개인 작업의 단초를 얻기도 했다. 사진 찍는 이들뿐만 아니라 글을 쓰는 이들과 편집하는 이들도 사보를 통해 일을 시작하고 배워 나갔다. 여러 기업마다 다양한 화보를 발행했고, 그렇게 잡지마다 누군가가 생계를 유지하고 또 성장할 수 있는 나름의 생태계를 이뤘다. 그렇게 잡지 동네에서 잡지를 통해 사진 일을 의뢰받거나 사진 작업이 소개되는 것은 상을 받는 것, 그러니까 격려받는 것과 다를 바 없었을 것이다. 아, 내가 해 왔던 것이 틀리지 않았구나, 계속 해도 되겠구나. 내가 만드는 잡지도 그런 격려를 전할 수 있을까.

◎　　사내의 의사소통을 원활하게 하고 일체감을 높이는 동시에,
회사의 활동 사항을 선전하기 위하여 발행하는 정기적 또는
부정기적인 간행물.

◉　　기업이 대외 홍보를 목적으로 발행하여 외부에 무료로
배포하는 간행물.

이제 시대와 환경은 크게 달라졌고, 잡지는 사양사업으로
낙인찍혔지만, 여전히 잡지 하나가 스스로 이루는 작은 생태계의
모습을, 이를 통해 격려하는 마음을 전하는 걸 꿈꿀 수 있을까.

텔레비전에서 아카데미 시상식을 보고 있었다. 갑자기 분위기가
바뀌더니 어느 한 사람이 나오자 무대 위의 화면에는 사람들의
얼굴이 하나둘 나타났다 사라졌다. 무대에 나온 이는 화면에
얼굴이 나타날 때마다 그 이름을 불렀다. 그들은 모두 올해
유명을 달리한 영화인들이었다. 수상의 기쁨이 차고 넘치는
그 자리 한편에서 그래도 잊지 말아야 할 것이 있다는 듯이 부고
소식을 전하는 모습은 묘한 울림을 주었다. 같은 동네에 모여
같은 일을 하면서 서로를 격려하는 시상식이라면, 그 자리에서
함께 살다 떠나간 이들에 관한 이야기가 빠질 수 없다. 언제나
기쁨과 슬픔이 교차된 삶에서 서로를 격려하는 것만큼이나
부고를 전하고 함께 애도하는 일도 필요하다.
잡지를 만들다 보면 간혹 부고 기사를 써야 할 때가 있다. 사진
동네에서 많은 이들이 유독 아끼고 존경했던 어떤 이들, 잡지에
참여해 글과 사진을 나눠 준 이들, 잡지 동네에서 서로의 분투를
바라보며 동병상련을 느꼈던 이들, 그들이 떠나는 자리에
잠시 애도의 시간이 머물 수 있도록 작은 지면을 마련한다.
그럴 때 이러저러한 것들을 따져 보게 될 수밖에 없다. 떠난
이는 이 동네에서 어떤 위치였나, 떠난 이와 나 사이의 거리는
어느 정도였나, 독자는 떠난 이를 어느 정도 알고 있을까……
그 사이에서 적절한 균형을 잡아야 과하게 슬프지 않은,
그렇다고 너무 건조하지 않은 부고 기사를 쓸 수 있다. 그건

그렇지만, 그렇게 따져 보는 건 마치 죽음의 의미에 맞는 슬픔의 크기를 찾아 조립하는 일 같았다.

어느 여름에는 하나 둘 셋…… 많은 사람들이 떠나갔고, 일일이 부고 기사를 전할 수 없었다. 그중 한 분은 『보스토크 매거진』 창간호에 글을 주셨고, 『보스토크 매거진』의 편집인과도 매우 절친한 사이였다. 어느 필자에게 그분과 함께했던 시간에 관해서 에세이를 써 달라고 하는 것으로 부고 기사를 대신했다.

한여름의 예기치 못한 소나기처럼, 사람들이 후드득 떠나는 사이에서 나는 어머니 집에 살던 고양이 한 마리를 화장하고 돌아왔다. 어느 해 최저 기온을 기록한 겨울날, 형의 발밑에 넉살 좋게 드러누웠던 녀석은 형과 나의 자취 집에 오자마자 엄청난 양의 사료를 먹어 치웠다. 나는 밥 잘 먹는 녀석에게 똑 떨어지는 이름을 지었다. 쿠쿠. 평균 수명 4∼5년에 불과한 길고양이도 집에서 생활하면 보통 10년은 넘게 살 수 있다. 그 시간의 격차를 체감한 집사들은 여러 마리의 고양이에게 곁을 주게 된다. 비록 인간의 집이 고양이에게 최적의 생활 공간은 아니어도, 최소한 길에서 생활할 때보다는 조금이나마 더 오래 살길 바라며.

쿠쿠답지 않게 한결 가벼워진 녀석을 케이지에 담고 뒷좌석에 실으니 자동차 안으로 슬픔이 딸려 왔다. 혼자 차를 몰고 경기도 인근의 반려동물 장례식장을 향하며, 인간은 고양이의 죽음에 어느 정도 슬퍼해야 하는가, 또 적당한 크기의 슬픔을 찾는 나쁜 버릇이 나도 모르게 튀어나왔다. 만약 그 슬픔이 과하다면 절제하면서 부고 기사를 썼던 이들의 죽음에 결례가 아닐까. 부족하다면, 이번 여름에 떠난 (실제로 만난 적은 없는) 이들을 애도하면서도 정작 내 고양이에겐 인색한 것이 아닐까.

목적지에 도착해 화장장에 들어갈 때, 장례사는 마지막으로 쿠쿠를 저울에 달았다. 기본 5킬로그램이고 초과되면 추가 비용이 발생합니다. 화장장에 들어가기 전에 안내하던 장례사의 얄궂은 말이 떠올랐다. 이상하고 바보 같구나, 죽음의 무게에도 추가 비용이 발생하다니…… 그 순간 슬픔의 크기를 저울질하는 것도 마찬가지로 바보 같았다는 사실을 깨달았다. 죽음의 무게에 비용을 매길 수 없듯이, 슬픔도 크기를 잴 수는 없다.

하나 둘 셋…… 또 어느 여름에도 사람들은 예고 없이 후드득 떠나갈 것이다. 어떤 죽음에 더 슬퍼해야 하는가? 질문은 바뀌어야 한다. 어떤 죽음이든 충분히 슬퍼했는가? 어떤 계절 어느 시절이나 죽은 이를 애도하고 살아남은 이의 안부를 묻는 시간이 필요하다. 누구에게나 충분히.

그 누구에게라도 필요한 격려와 애도 사이에서 내가 만들고 싶은 잡지의 윤곽을 어렴풋이 그려본다. 돌연히 나타나 홀연히 사라지는 잡지의 생애 주기나 오늘만 살아갈 수 있는 사람의 운명이나 크게 다르지 않을 테니까.

잡지 만드는 법
: 새로운 시도와 재미를 섞고 엮는 일에 관하여

2023년 11월 4일   초판 1쇄 발행

지은이
박지수

펴낸이	**펴낸곳**	**등록**	
조성웅	도서출판 유유	제406-2010-000032호 (2010년 4월 2일)	

주소
경기도 파주시 돌곶이길 180-38, 2층 (우편번호 10881)

전화	**팩스**	**홈페이지**	**전자우편**
031-946-6869	0303-3444-4645	uupress.co.kr	uupress@gmail.com
	페이스북	**트위터**	**인스타그램**
	facebook.com /uupress	twitter.com /uu_press	instagram.com /uupress
편집	**디자인**	**조판**	**마케팅**
사공영, 백도라지	이기준	정은정	전민영
제작	**인쇄**	**제책**	**물류**
제이오	(주)민언프린텍	다온바인텍	책과일터

ISBN 979-11-6770-076-6 03810